时常有风吹过我心头

孙犁散文精选

孙犁 / 著
卫建民 / 编

中央编译出版社
Central Compilation & Translation Press

图书在版编目 (CIP) 数据

时常有风吹过我心头 / 孙犁著；卫建民编 . —— 北京：中央编译出版社，2022.5
ISBN 978-7-5117-4145-5

Ⅰ.①时… Ⅱ.①孙… ②卫… Ⅲ.①散文集－中国－当代 Ⅳ.① I267

中国版本图书馆 CIP 数据核字 (2022) 第 026238 号

时常有风吹过我心头

责任编辑	李媛媛
责任印制	刘 慧
出版发行	中央编译出版社
地　　址	北京市海淀区北四环西路 69 号（100080）
电　　话	（010）55627391（总编室）　（010）55627319（编辑室）
	（010）55627320（发行部）　（010）55627377（新技术部）
经　　销	全国新华书店
印　　刷	河北鹏润印刷有限公司
开　　本	889 毫米 ×1194 毫米　1/32
字　　数	200 千字
印　　张	11.5
版　　次	2022 年 5 月第 1 版
印　　次	2022 年 5 月第 1 次印刷
定　　价	49.80 元

新浪微博：@ 中央编译出版社　　　微　　信：中央编译出版社（ID：cctphome）
淘宝店铺：中央编译出版社直销店（http://shop108367160.taobao.com）（010）55627331

本社常年法律顾问：北京市吴栾赵阎律师事务所律师　闫军　梁勤
凡有印装质量问题，本社负责调换，电话：（010）55626985

序

> 眼前的一切，仿佛已跟我远离，
>
> 消失的一切，却又在化为现实。
>
> ——歌德:《浮士德·献诗》

  我读孙犁凡四十年，却是第一次编选孙犁的作品。

  作家孙犁是以小说名世的。他的短篇《荷花淀》，中篇《铁木前传》，长篇《风云初纪》，早已奠定他在现代文学史上的牢固地位。经过时间的无情淘汰，他的小说珍藏在经典的宝库里，成为民族文化的代表。孙犁很珍惜他在抗战时写的小说——因为那是中华民族求解放的时代，是一代革命战士的青春，是明艳的"战火里的荷花"（汪曾祺以孙犁小说编写的电影剧本名称）。了解孙犁作品特色的读者，知道他的创作虽名为"小说"，但大部分小说都来自现实生活；孙犁，以现实主义的作家的身份站在文学之林里。从中学时代开始创作尝试时，他都是受社会现实的刺激，从亲身观察思考的、活生生的现实选择题材。他受"五四"新文化运动，尤其是受"左翼"文学的影响很大；鲁迅先生的伟大人格和文学作品，是他一生追慕的最高峰。正是这个原因，他的小说是散文体的小说，更多的是散文的质素。晚年写的《芸斋小说》，几乎全是真人真事，属于笔记体散文。以史的观念写小说；以诗的境界写散文；以哲学家的冥想写诗，这就是孙犁的全部作品告诉我们的。

一九四九年至一九七九年，孙犁仅仅出版过两本散文集，一本是《津门小集》，内容是他进城后深入工厂，讴歌新生的工业城市和工人阶级的新貌。解放后的城市生活是新鲜的、富有生机的。他从农村进入城市，以记者、作家的眼光，观察记录普通的劳动者。另一本《农村速写》，完全是他在河北农村体验生活时写的散文随笔。这一批如短笛牧歌的作品，有的是独立的成品，有的是再创作的素材。这两本散文集，字数少，本子薄，其中《津门小集》开启"百花"版小开本散文集的先河，已成为出版史上的佳话。我这次选编，主要选的是孙犁在一九七六年后的作品,也就是中国文学界发生的奇观:"衰年变法"的孙犁,晚年孙犁,或曰"后期孙犁"的作品。他早期的散文和诗,已经陈列在历史博物馆里,成为历史文献和世纪回眸的风景;愿意从源头欣赏孙犁的文学风景的,自会徘徊巡视,全面了解一位风格独特、风景各异的作家。

从少年时养成的惜书爱书的习惯,孙犁有个癖好是给自己的书包书皮。书皮的材料,是他从工作的报社摄影部讨来的。在动乱年代,政治运动频仍,工作失去常态,生活陷入混乱,孤守一室的孙犁以包书皮安定身心,并在书皮上随手写下自己的所思所感。这些用毛笔写在牛皮纸上的文字,是不连续的日记,是文约义丰的随笔,是有真情实感的散文。本选《耕堂书衣文录》就选择了一部分能代表孙犁彼时精神状态,又有文学意味的片段,作为一个品类。在文学界、学术界享有盛名的《耕堂读书记》,是孙犁散文的又一个类别。一九四九年后,生活安定,收入渐丰,孙犁开始大量买书;买书的一条主要线索,是鲁迅先生的日记书账。从他的藏书书目看,主要是中国传统的读书人必读的书,很少有古董级的藏品。他也从没兴趣以书籍的市场价格来决定取舍。他的读书,读的也是常见的书。《耕堂读书记》引起读者注意和喜欢的,是他对历史、历史人物的评价,对古代已有定评的人物、事件、现象的重新认识。他以历史观照现实，激烈批判不良社会风气、文坛怪相的文字，是他的读书记的鲜明特色。《史记》的"太史公曰"，欧阳修的"五代史伶官传序"，王安石的"读孟尝君传"等经典，是《耕堂读书记》的脉络、精神及继承和发扬的源头。纵向看，这都是一以贯之的中国文章。曾有一个时期，文学界有一股轻视从延安出来的老作家的冷风；是孙犁的创作新面貌，止住了偏见者的无知和狂妄。第四辑《文林谈屑》，是孙犁继承鲁迅的杂文传统，以匕首和投枪刺向文学界不良作风的短篇文字，尖锐犀利，不留情面，当年主要刊发在京津沪穗的报刊上，曾引起广泛的好评。这些一事一议的短篇文字，目的还是希望能改善文学界的生态，呼吁同道把精力投向创作这项艰苦的劳动中去，防止形形色色的形式主义干扰、污染神圣的文坛。在二十世纪八十年代的中国文学界，南有巴金先生的《随想录》在反思"文革"；北有孙犁一系列《文林谈屑》《芸斋琐谈》在文坛掀起拨乱反正的疾风。从那个时代过来的读书人，都能记得南北两位文学前辈的新创作。这次编选本书，我将巴金与孙犁的精神联系文字，特意放在第二辑《远的怀念》，就是要留下一份文学档案。第二辑和第一辑《芸斋梦余》是本编的主体。这两辑展示的人与事，是二十世纪苦难的中国的一个缩影，也是作家孙犁的生命史。最值得注意的是，孙犁一生的幸福、快乐，大多发生在居无定日、危机四伏的战争年代，大多发生在贫穷落后的北方农村。早已进入国民教育体系的《山地回忆》，是他对土地和人民的感恩之作，也是他对逝去的幸福时光的回味。一九七六年后，已年过花甲，疾病缠身，长时间不再创作的孙犁，在政治清明后渐渐复苏，开始写回忆性质的文章，主要是回忆去世的前辈、朋友、战友、亲人。孙犁是个朴素、真挚的人，他的回忆人与事的散文，以修辞立其诚的原则，用简洁、典雅的文字记下他对人的思念、评价。他一生珍惜友谊，但又永远保持人格的独立；他那著名的"文人宜散不宜聚"的观点，得到不少文学同道的首肯。孙犁孤僻的性格，熟悉他的人也能同情地理解。当他在文学界的地位和名望愈来愈显赫时，他还是依然故我，没有走出家门去当"社会名流"，正像殷海光当年说的："对于这样一个时代而言，适当的孤僻，是一种防腐剂。"

　　回忆儿时经历的乡村生活，为文学青年和同道的文集写序，也是孙犁散文的一大项。我这个选本，以第三辑《乡里旧闻》，第七辑《谈美》分别选择两组，请读者欣赏另一类散文艺术的特色。《乡里旧闻》，上承唐宋传奇和《聊斋志异》《阅微草堂笔记》，内容全是纪实，没有怪力乱神。一篇短小的文章，就是一个普通北方农民的一生；其艺术手法，完全白描，集中看，这一组散文具备社会史的价值，颇似蒋兆和先生的长卷《流民图》，每个人物的面目都是沧桑。《谈美》除为自己和他人写的序外，我还选一篇体现孙犁美学观的札记，又选一篇孙犁对散文的全面思考。各辑所选作品，都是统帅于"散文"这个名目，有的是大致分类，很难严格区分。

　　本编分七辑，前述已略谈编者的想法，并简要谈谈编者对孙犁散文的认识，以便与读者交流。孙犁的书信，特别是他早期和朋友的通信，热烈真率，激情燃烧，本来也可作为散文选一部分，因选本的篇幅限制，只能割爱。需要向读者交代的是，编者在本编中作了一次尝试：即在少量的篇幅中作"夹注"和"编者注"，以便读者理解作品。比如，《序的教训》是给谁写的序？这篇序文现在哪里？编者知无不言，作了小注。又比如，巴金先生读了孙犁《远的怀念》，在《随想录》里特别提及引用，可供读者参考。编者的一位朋友说："以前读书是一本一本，读了钱钟书先生的《管锥编》后，才知读书要成片。"编者是这样读书的，也想以"打成一片"的形式，给读者提供一点读书资料。当然，孙犁的诗文是现代作品，并不需要，更没必要作繁琐的考证。

　　七辑分类，每辑名称大致以第一篇作品为题，并没有特别的想法。每辑名称，也难说就能范围该辑作品，只是一个大致分法，以醒读者耳目。书信虽没列入专辑，但散文部分连带采用丁玲和孙犁的通信，还把孙犁致山西繁峙县志办的信作为散文作品选入；管中窥豹，约略可见孙犁书信的特色。

  目前出版繁荣，新书不断上市，孙犁的作品早有各种选本。编者爱逛旧书店，多年所见，有一个独家发现的现象：虽然孙犁的作品出版不少，但旧书店很少看见。证明，读者喜欢孙犁，新书出来就能到达读者手中，没有压库。孙犁的作品是常新的。用经济学的名词说，孙犁的书籍还没到"市场饱和"度，出版他的作品没有出现"溢出"效应。编者希望，这一本孙犁的散文集能到读者手中，到读者枕旁……

  让我们一起读孙犁吧！

卫建民
二〇二〇年十二月十二日
于北京西城辟才胡同陋室

目 录

第1辑　芸斋梦余

芸斋梦余	·03·
关于花	·03·
关于果	·05·
关于河	·06·
黄　鹂	·08·
石　子	·13·
火　炉	·18·
青春余梦	·20·
猫鼠的故事	·24·
昆虫的故事	·28·
鞋的故事	·31·
服装的故事	·37·
菜　花	·43·
山地回忆	·47·
石　榴	·57·
残瓷人	·62·
《善阇室纪年》摘抄	·65·

我的童年	·65·
在安国县	·68·
在北平	·72·
去延安	·77·
序的教训	·81·
吃粥有感	·85·
书的梦	·88·
戏的梦	·96·
新年悬旧照	·108·
关于小说《嵩儿梁》的通信	·111·
新居琐记	·118·
锁　门	·118·
民　工	·120·
装　修	·122·

第2辑　远的怀念

远的怀念	·127·
致丁玲信	·132·
悼念田间	·139·
悼念李季同志	·143·
悼画家马达	·150·
小同窗	·158·
母亲的记忆	·164·
父亲的记忆	·167·
亡人逸事	·171·
觅哲生	·177·

　　　　　　　　　记邹明　　　　　·179·

第3辑　乡里旧闻　　度春荒　　　　·193·
　　　　　　　　　村　长　　　　·196·
　　　　　　　　　凤池叔　　　　·199·
　　　　　　　　　干　巴　　　　·203·
　　　　　　　　　木匠的女儿　　·207·
　　　　　　　　　老　刁　　　　·213·
　　　　　　　　　菜　虎　　　　·217·
　　　　　　　　　光　棍　　　　·221·
　　　　　　　　　刁　叔　　　　·225·
　　　　　　　　　老焕叔　　　　·229·
　　　　　　　　　保定旧事　　　·234·

第4辑　文林谈屑　　文林谈屑　　　·245·
　　　　　　　　　　电报约稿　　·245·
　　　　　　　　　　小说名目　　·246·
　　　　　　　　　　文字疏忽　　·248·
　　　　　　　　　　刊物面目　　·250·
　　　　　　　　　　名山事业　　·251·
　　　　　　　　　　宾馆文学　　·252·
　　　　　　　　　　运动文学与揣摩小说　·254·
　　　　　　　　　芸斋琐谈　　　·258·

	谈　忘	·258·
	谈头条	·261·

第5辑　耕堂读书记

耕堂读书记		·267·
《庄子》		·267·
《韩非子》		·270·
曹丕《典论·论文》		·273·
《三国志·关羽传》		·275·
《三国志·诸葛亮传》		·282·
《曾文正公手书日记》		·285·
我的读书生活		·287·
谈镜花水月		·291·

第6辑　耕堂书衣文录

耕堂书衣文录（节选）　·297·

第7辑　谈　美

谈　美	·319·
谈铁凝的《哦，香雪》	·327·
贾平凹散文集序	·330·
《尺泽集》后记	·334·
我和《文艺周刊》	·336·
关于散文创作的答问	·340·
吴泰昌《艺文轶话》序	·351·

第 1 辑

芸斋梦余

芸斋梦余

关于花

青年时的我，对花是没有什么感情的，心里只有衣食二字。童年的印象里没有花。十四岁上了中学，学校里有一座很小的校园，一个老园丁。校园紧靠图书馆，有点时间，我宁肯进图书馆，很少到校园。在上植物学课时，张老师（河南人）带领我们去看含羞草啊，无花果啊，也觉得实在没有意思。校园里有一棵昙花，视为稀罕之物，每逢开花，即使已经下了晚自习，张老师还要把我们集合起来，排队去观赏，心里更认为他是多此一举，小题大做。

毕业后，为衣食奔走，我很少想到花，即使逛花园，心里也是沉重的。后来，参加了抗日战争，大部分时间是在山里打游击。山里有很多花，村头，河边，山顶都有花。杏花，桃花，梨花，还有很多野花，我很少观赏。不但不观赏，行军时践踏它们，休息时把它们当坐垫，无情地、无意识地拔起身边的野花，连嗅一嗅的兴趣都没有，抛到远处去，然后爬起来赶路。

我，青春时代，对花是无情的，可以说是辜负了所有遇到的花。

写作时，我也没有用花形容过女人。这不只是因为有先哲的名言，也是因为那时的我，认为用花来形容什么，是小资产阶级意识的表现。

及至现在，我老了，白发疏稀，感觉迟钝，我很喜爱花了。我花钱去买花，用磁的花盆去栽种。然而花不开，它们干黄、枯萎，甚至不活。而在十年动乱时，造反派看中我的花盆，把花全部端走了。我对花的感情最浓厚，最丰盛，投放的精力也最大。然而花对我很冷漠，它们几乎是背转脸去，毫无笑模样，再也不理我。

这不能说是花对我无情，也不能怨它恨它，是它对我的理所当然的报复。

关于果

  战争时期，我经常吃不饱。霜降以后我常到山沟里去，拣食残落的红枣、黑枣、梨子和核桃。树下没有了，我仰头望着树上，还有打不净的。稍低的用手去摘，再高的，用石块去投。常常望见在树的顶梢，有一个最大的、最红的、最引诱人的果子。这是主人的竿子也够不着，打不下来，才不得不留下来，恨恨地走去的。我向它瞄准，投了十下，不中。投了一百下，还是不中。我环绕着树身走着，望着，计划着。最后，我的脖颈僵了，筋疲力尽了，还是投不下来。我望着天空，面对四方，我希望刮起一股劲风，把它吹下来。但终于天气晴和，一丝风也没有。红果在天空摇曳着，讪笑着，诱惑着。

  天晚了，我只好回去，我的肚子更饿了，这叫作得不偿失，无效劳动。我一步一回头，望着那颗距离我越来越远的红色果子。

  夜里，我又梦见了它。第二天黎明，集合行军了，每人发了半个冷窝窝头。要爬上前面一座高山，我把窝窝头吃光了。还没爬到山顶，我饿得晕倒在山路上。忽然我的手被刺伤了，我醒来一看，是一棵酸枣树。我饥不择食，一把掳去，把果子、叶子、树枝和刺针，都塞到嘴里。

年老了，不再愿吃酸味的水果，但酸枣救活了我，我感念酸枣。每逢见到了酸枣树，我总是向它表示敬意。

关于河

听说，我家乡的滹沱河，已经干涸很多年了，夏天也没有一点水。我在一部小说里，对它做过详细的描述，现在要拍摄这些场面，是没办法了。听说家乡房屋街道的形式，也大变了。

建筑是艺术的一种，它必然随着政治的变动，改变其形式。它的形式，是受经济基础决定的。

关于河流，就很难说了。历史的发展，可以引起地理环境的变动吗？大概是肯定的。

这条河，在我的童年，每年要发水，泛滥所及，冲倒庄稼，有时还冲倒房子。它带来黄沙，也带来肥土，第二年就可以吃到一季好麦。它给人们带来很多不便，夏天要花钱过惊险的摆渡，冬天要花钱过摇摇欲坠的草桥。走在桥上，仄仄闪闪的，吱吱呀呀的，下面是围着桥桩堆积起来的坚冰。

童年，我在这里，看到了雁群，看到了鹭鸶。看到了对艚大船上的船夫船妇，看到了纤夫，看到了白帆。他们远来远去，东来西往，给这一带的农民，带来了新鲜奇异的生活感受，彼此共同的辛酸苦辣的生活感受。

对于这条河流，祖祖辈辈，我没有听见人们议论过它的功过。是喜欢它，还是厌恶它，是有它好，还是没有它好。人们只是觉得，它是大自然的一部分。而大自然总是对人们既有利又有害，既有恩也有怨，无可奈何。

河，现在干涸了，将永远不存在了。

一九八二年十二月十九日

黄 鹂

——病期琐事

这种鸟儿,在我的家乡好像很少见。童年时,我很迷恋过一阵捕捉鸟儿的勾当。但是,无论春末夏初在麦苗地或油菜地里追逐红靛儿,或是天高气爽的秋季,奔跑在柳树下面网罗虎不拉儿的时候,都好像没有见过这种鸟儿。它既不在我那小小的村庄后边高大的白杨树上同鹥鸡儿一同鸣叫,也不在村南边那片神秘的大苇塘里和苇咋儿一块筑窠。

初次见到它,是在阜平县的山村。那是抗日战争期间,在不断的炮火洗礼中,有时清晨起来,在茅屋后面或是山脚下的丛林里，我听到了黄鹂的尖利的富有召唤性和启发性的啼叫。可是，它们飞起来，迅若流星，在密密的树枝树叶里忽隐忽现，常常是在我仰视的眼前一闪而过，金黄的羽毛上映照着阳光，美丽极了，想多看一眼都很困难。

因为职业的关系，对于美的事物的追求，真是有些奇怪，有时简直近于一种狂热。在战争不暇的日子里，这种观察飞禽走兽的闲情逸致，不知对我的身心情感，起着什么性质的影响。

前几年，终于病了。为了疗养，来到了多年向往的青岛。春天，我移居到离海边很近，只隔着一片杨树林洼地的一幢小楼房里。有很长的一段时间，我一个人住在这里，清晨黄昏，我常常到那杨树林里散步。有一天，我发现有两只黄鹂飞来了。

这一次，它们好像喜爱这里的林木深密幽静，也好像是要在这里产卵孵雏，并不匆匆离开，大有在这里安家落户的意思。

每天，天一发亮，我听到它们的叫声，就轻轻打开窗帘，从楼上可以看见它们互相追逐，互相逗闹，有时候看得淋漓尽致，对我来说，这真是饱享眼福了。

观赏黄鹂，竟成了我的一种日课。一听到它们叫唤，心里就很高兴,视线也就转到杨树上,我很担心它们一旦要离此他去。这里是很安静的,甚至有些近于荒凉,它们也许会安心居住下去的。我在树林里徘徊着,仰望着,有时坐在小石凳上谛听着,但总找不到它们的窠巢所在,它们是怎样安排自己的住室和产房的呢?

一天清晨,我又到树林里散步,和我患同一种病症的史同志手里拿着一支猎枪,正在瞄准树上。

"打什么鸟儿?"我赶紧过去问。

"打黄鹂!"老史兴致勃勃地说,"你看看我的枪法。"

这时候,我不想欣赏他的枪技,我但愿他的枪法不准。他瞄了一会儿,黄鹂发觉飞走了。乘此机会,我以老病友的资格,请他不要射击黄鹂,因为我很喜欢这种鸟儿。

我很感激老史同志对友谊的尊重。他立刻答应了我的要求,没有丝毫不平之气。并且说:

"养病么,喜欢什么就多看看,多听听。"

这是真诚的同病相怜。他玩猎枪,也是为了养病,能在兴头儿上照顾旁人,这种品质不是很难得吗?

有一次,在东海岸的长堤上,一位穿皮大衣戴皮帽的中年人,只是为了讨取身边女朋友的一笑,就开枪射死了一只回翔在天空的海鸥。一群海鸥受惊远飏,被射死的海鸥落在海面上,被怒涛拍击漂卷。胜利品无法取到,那位女人请在海面上操作的海带培养工人帮助打捞,工人们愤怒地掉头划船而去。这给我留下了深刻的印象。回到房子里,无可奈何地写了几句诗,也终于没有完成,因为契诃夫在好几种作品里写到了这种人。我的笔墨又怎能更多地为他们的业绩生色?在他们的房间里,只挂着契诃夫为他们写的褒词就够了。

惋惜的是,我的朋友的高尚情谊,不能得到这两只惊弓之鸟的理解,它们竟一去不返。从此,清晨起来,白杨萧萧,再也听不到那种清脆的叫声。夏天来了,我忙着到浴场去游泳,渐渐把它们忘掉了。

有一天我去逛鸟市。那地方卖鸟儿的很少了,现在生产第一,游闲事物,相应减少,是很自然的。在一处转角地方,有一个卖鸟笼的老头儿,坐在一条板凳上,手里玩弄着一只黄鹂。黄鹂系在一根木棍上,一会儿悬空吊着,一会儿被拉上来。我站住了,我望着黄鹂,忽然觉得它的焦黄的羽毛,它的嘴眼和爪子,都带有一种凄惨的神气。

"你要吗?多好玩儿!"老头儿望望我问了。

"我不要。"我转身走开了。

我想,这种鸟儿是不能饲养的,它不久会被折磨得死去。这种鸟儿,即使在动物园里,也不能从容地生活下去吧,它需要的天地太宽阔了。

从此,有很长一段时间,我不再想起黄鹂。第二年春季,我到了太湖,在江南,我才理解了"杂花生树,群莺乱飞"这两句文章的好处。

是的,这里的湖光山色,密柳长堤;这里的茂林修竹,桑田苇泊;这里的乍雨乍晴的天气,使我看到了黄鹂的全部美丽,这是一种极致。

是的,它们的啼叫,是要伴着春雨、宿露,它们的飞翔,是要伴着朝霞和彩虹的。这里才是它们真正的家乡,安居乐业的所在。

各种事物都有它的极致。虎啸深山,鱼游潭底,驼走大漠,雁排长空,这就是它们的极致。

在一定的环境里,才能发挥这种极致。这就是形色神态和环境的自然结合和相互发挥,这就是景物一体。典型环境中的典型性格,也可以从这个角度来理解吧。这正是在艺术上不容易遇到的一种境界。

一九六二年四月

石 子
——病期琐事

我幼小的时候,就喜欢石子。有时从耕过的田野里,捡到一块椭圆形的小石子,以为是乌鸦从山里衔回跌落到地下的,因此美其名为"老鸹枕头儿"。

那一年在南京,到雨花台买了几块小石子,是赭红色的。

那一年到大连,又在海滨装了一袋白色的回来。

这两次都匆匆忙忙,对于选择石子,可以说是不得要领。

在青岛住了一年有余,因为不喜欢下棋打扑克,不会弹琴跳舞,不能读书作文,唯一的消遣和爱好就是捡石子。时间长了，收藏丰富，有一段时间，居然被病友们目为专家。就连我低头走路，竟也被认为是长期从事搜罗工作养成的习惯，这简直是近于开玩笑了。

然而，人在寂寞无聊之时，爱上或是迷上了什么，那种劲头，也是难以常情理喻的。不但天气晴朗的时候，好在海边溅泥踏水地徘徊寻找，有时刮风下雨，不到海边转转，也好像会有什么损失，就像逛惯了古书店古董铺的人，一天不去，总觉得会交臂失掉了什么宝物一样。钓鱼者的心情，也是如此的。

初到青岛，也只是捡些小巧圆滑杂色的小石子。这些小石子养在水里，五颜六色还有些看头，如果一干，则质地粗糙，颜色也消失，算不得什么稀罕之物了。

后来在第二浴场发现一种质地细腻，色泽如同美玉的小石子，就加意寻找。这种石子，好像有一定的矿层。在春夏季，海滩积沙厚，没有这种石子。只有在秋冬之季，海水下落，沙积减少，轻涛击岸，才会露出这种蕴藏来。但也很少遇到。当潮水落到一定的地方，沿着水边来回走，看到一点点亮晶晶的苗头，跑过去捡起来，大小不等，有时还残留着一些杂质，像玉之有瑕一样。这种石子一定是包藏在一种岩石之中，经过多年的潮激汐荡，乱石撞击，细沙研磨，才形成现在这种可爱的样式。

有时，如果不注意，如果不把眼光放远一点，它略一显露，潮水再一荡，就又会被细沙所掩盖。当潮水猛涨的时候，站在岸边，抢捡石子，这不只拼着衣服溅上很多海水，甚至还有被海水卷入的危险。

有时，不避风雨，不避寒暑，到距离很远的海滩，去寻找这种石子。但也要潮水和季节适当，才有收获。

我的声誉只是鹊起一时，不久就被一位新来的病友的成绩所掩盖。这位同志，采集石子，是不声不响，不约同伴，近于埋头创作的进行，而且走得远，探得深。很快，他的收藏，就以质地形色兼好著称。石子欣赏家都到他那里去了，我的门庭，顿时冷落下来。在评判时，还要我屈居第二，这当然是无可推辞的。我的兴趣还是很高，每天从海滩回来，口袋里总是沉甸甸的，房间里到处是分门别类的石子。

那时我居住在正阳关路一幢绿色的楼房里。为了安静，我选择了三楼那间孤零零的，虽然矮小一些，但光线很好的房子。在正面窗台上，我摆了一个鱼缸，放满了水，养着我最得意的石子。

在二楼住着一位二十年前我教书时的女学生。她很关心我的养病生活，看见我的房子里堆着很多石子，就劝我养海葵花。她很喜欢这种东西,在她的房间里,饲养着两缸。

一天下午,她借了铁钩水桶,带我到海边退潮后的岩石上,去掏取这种动物。她的手还被附着在石面上的小蛤蜊擦破了。回来,她替我倒出了石子,换上海水,养上海葵花。

"你喜爱这种东西吗?"她坐下来得意地问。

"唔。"

"你的生活太单调了,这对养病是很不好的。我对你讲课印象很深,我总是坐在第一排。你不记得了吧?那时我十七岁。"

晚上,我一个人坐在灯光下,面对着我的学生为我新陈设的景物。我实在不喜欢这种东西,从捉到养,整个过程,都不能使我发生兴味。它的生活史和生活方式,在我的头脑里,体现了过去和现在的强盗和女妖的全部伎俩和全部形象。我写了一首《海葵赋》。

青岛,这是世界上少有的风光绮丽的地方。在过去很长一段时间,祖国美丽富饶的地区,有很多都曾经处在帝国主义的铁蹄蹂躏之下。每逢我站在太平角高大的岩石上,四下眺望,脚下澎湃飞溅的海潮,就会自然地使我联想起这里的悲惨的历史。我的心里总有一种沉痛之感,一种激愤之情。

终于,我把海葵花送给了女弟子,在缸里又养上了石子。

这样做的结果,是大大辜负女学生的一番盛情,一番好意了。

离开青岛的时候,我把一些自认为名贵的石子带回家里,尘封日久,不但失去了原有的光彩,就是拿在手里,也不像过去那样滑腻,这是因为上面泛出一种盐质,用水都不容易洗去了。时过境迁,色衰爱弛,我对它们也失去了兴趣,任凭孩子们抛来掷去,想不到当时全心全力寤寐以求的东西,现在却落到了这般光景。

但它们究竟是和我度过了那一段难言的日子,给过我不少的安慰,帮助我把病养得好了一些。古人把药石针砭并称,这说明石子确是养病期中难得的纯朴有益的伴侣。

一九六二年四月

火 炉

  我有一个煤火炉,是进城那年买的,用到现在,已经三十多年了。它伴我度过了热情火炽的壮年,又伴我度过着衰年的严冬。它的容颜也有了很大的改变,它的身上长了一层红色的铁锈,每年安装时,我都要举止艰难地为它打扫一番。
  我们可以说得上是经过考验的,没有发生过变化的。它伴我住过大屋子,也伴我迁往过小屋子,它放暖如故。大屋小暖,小屋大暖。小暖时,我靠它近些;大暖时,我离它远些。小屋时,来往的客人,少一些;大屋时,来往的客人,多一些。它都看到了。它放暖如故。

　　它看到,和我同住的人,有的死去了,有的离去了,有的买制了新的火炉,另外安家立业去了。它放暖如故。

　　我坐在它的身边。每天早起,我把它点着,每天晚上,我把它封盖。我坐在它身边,吃饭,喝茶,吸烟,深思。

　　我好吃烤的东西,好吃有些糊味的东西。每天下午三点钟,我午睡起来,在它上面烤两片馒头,在炉前慢慢咀嚼着,自得其乐,感谢上天的赐予。

　　对于我,只要温饱就可以了,只要有一个避风雨的住处就满足了。我又有何求!

　　看来,我们的关系,是不容易断的,只要我每年冬季,能有三十元钱,买两千斤煤球,它就不会冷清,不会无用武之地,我也就会得到温暖的!

　　火炉,我的朋友,我的亲密无间的朋友。我幼年读过两句旧诗:炉存红似火,慰情聊胜无。何况你不只是存在,而且确实在熊熊地燃烧着啊。

一九八二年十二月廿六日上午

青春余梦

　　我住的大杂院里,有一棵大杨树,树龄至少有七十年了。它有两围粗,枝叶茂密。经过动乱、地震,院里的花草树木,都破坏了,唯独它仍然矗立着。这样高大的树木,在这个繁华的大城市,确实少见了。

　　我幼年时,我们家的北边,也有一棵这样大的杨树。我的童年,有很多时光是在它的下面、它的周围度过的。我不只在秋风起后,在那里拣过杨叶,用长长的柳枝穿起来,像一条条的大蜈蚣;在春天度荒年的时候,我还吃过杨树飘落的花,那可以说是最苦最难以下咽的野菜了。

现在我已经老了，蛰居在这个大院里，不能再向远的地方走去，高的地方飞去。每年冬季，我要生火炉，劈柴是宝贵的，这棵大杨树帮了我不少忙。霜冻以后，它要脱落很多干枝，这种干枝，稍稍晒干，就可以生火，很有油性，很容易点着，每听到风声，我就到它下面去拣拾这种干枝，堆在门外，然后把它们折断晒干。

在这些干枝的表皮上，还留有绿的颜色，在表皮下面，还有水分。我想：它也是有过青春的呀！正像我也有过青春一样。然而它现在干枯了，脱落了，它不是还可以帮助别人生起火炉取暖吗？

是为序。

我的青春的最早阶段，是在保定育德中学度过的。保定是一座古老的城市，荒凉的城市，但也是很便于读书的城市。在这个城市，我呆了六年时间。在课堂上，我念英语，演算术。在课外，我在学校的图书馆，领了一个小木牌，把要借的书名写在上面，交给在小窗口等待的管理员，就可以拿到要看的书。图书管理员都是博学之士。星期天，我到天华市场去看书，那里有一家卖文具的小铺子，代卖各种新书。我可以站在那里翻看整整半天，主人不会干涉我。我在他那里看过很多种新书，只买过一本。这本书，我现在还保存着，我不大到商务印书馆去，它的门半掩着，很高，望不见它摆的书籍。

读书的兴趣是多变的，忽然想看古书了；又忽然想看外国文学了；又忽然想研究社会科学了，这都没有关系。尽量去看吧，每一种学科，都多读几本吧。

后来，我又流浪到北平去了。除了买书看书，我还好看电影，好听京戏，迷恋着一些电影明星，一些科班名角。我住在东单牌楼，晚上，一个人走着到西单牌楼去看电影，到鲜鱼口去听京戏。那时长安大街多么荒凉、多么安静啊！一路上，很少遇到行人。

各种艺术都要去接触。饥饿了，就掏出剩下的几个铜板，坐在露天的小饭摊上，吃碗适口的杂菜烩饼吧。

有一阵子，我还好歌曲，因为民族的苦难太深重了，我们要呼喊。

无论保定和北平，都曾使我失望过，痛苦过。但也都给过我安慰和鼓舞，留下的印象是深刻的。我在那里得到过朋友们的帮助，也爱过人，同情过人。写过诗，写过小说，都没有成功。我又回到农村来了，又听到杨树叶子，哗哗地响着。

后来，我参加了抗日战争，关于这，我写得已经很多了。战争，充实了我的青春，也结束了我的青春。

我的青春，价值如何？是欢乐多，还是痛苦多？是安逸享受多，还是颠沛流离多？是虚度，还是有所作为，都不必去总结了。时代有总的结论，总的评价。个人是一滴水，如果滴落在江河，流向大海，大海是不会涸竭的。正像杨树虽有脱落的枝叶，它的本身是长存的。我祝愿它长存！

是为本文。

一九八二年十二月六日清晨

猫鼠的故事

目前,我屋里的耗子多极了。白天,我在桌前坐着看书或写字,它们就在桌下来回游动,好像并不怕人。有时,看样子我一跺脚就可以把它踩死,它却飞快跑走了。夜晚,我躺在床上,偶一开灯,就看见三五成群的耗子,在地板、墙根串游,有的甚至钻到我的火炉下面去取暖,我也无可奈何。

有朋友劝我养一只猫。我说,不顶事。

这个都市的猫是不拿耗子的。这里的人们养猫,是为了玩,并不是为了叫它捉耗子,所以耗子方得如此猖獗。这里养猫，就像养花种草、玩字画古董一样，把猫的本能给玩得无影无踪了。

我有一位邻居，也是老干部，他养着一只黄猫，据说品种花色都很讲究。每日三餐，非鱼即肉，有时还喂牛奶。三日一梳毛，五日一沐浴。每天抱在怀里抚摩着，亲吻着。夜晚，猫的窝里，有铺的，有盖的，都是特制的小被褥。

这样养了十几年，猫也老了，偶尔下地走走，有些蹒跚迟钝。它从来不知耗子为何物，更不用说有捕捉之志了。

我还是选用了我们原始祖先发明的捕鼠工具：夹子。支的得法，每天可以打住一只或两只。

我把死鼠埋到花盆里去。朋友问我为什么不送给院里养猫的人家。我说：这里的猫，不只不捉耗子，而且不吃耗子。

这是不久以前的经验教训。我打住了一只耗子，好心好意送给邻居，说：

"叫你家的猫吃了吧。"

主人冷冷地说：

"那上面有跳蚤，我们的猫怕传染。如果是吃了耗子药，那就更麻烦。"

我只好提了回来，埋在地里。

又过了不久，终于出现了以下如果不是我亲眼所见，一定有人会认为是造谣的场面。

有一家，在阳台上盛杂物的筐里，发现了一窝耗子，一群孩子呼叫着："快去抱一只猫来，快去抱一只猫来！"

正赶上老干部抱着猫在阳台上散步，他忽然动了试一试的兴致，自报奋勇，把猫抱到了筐前，孩子们一齐呐喊：

"猫来了，猫来捉耗子了！"

老人把猫往筐里一放，猫跳出来。再放再跳，三放三跳，终于逃回家去了。

孩子们大失所望，一齐喊："废物猫，猫废物！"

老人的脸红了。他跑到家里，又把猫抱回来，硬把它按进筐里，不松手。谁知道，猫没有去咬耗子，耗子却不客气，把老干部的手指咬伤，鲜血淋淋，只好先到卫生所，去进行包扎。

群儿大笑不止。其实这无足奇怪，因为这只老猫，从来不认识耗子，它见了耗子实在有些害怕。

十年动乱[1]期间，我曾回到老家，住在侄子家里。那一年收成不好，耗子却很多。侄子从别人家要来一只尚未断奶的小猫，又舍不得喂它，小猫枯瘦如柴，走路都不稳当。有一天，我看见它从立柜下面，连续拖出两只比它的身体还长一段的大耗子，找了个背静地方全吃了。这就叫充分发挥了猫的本能。

---

[1] 原文如此。指"文化大革命"，后文中出现同此。

其实，这个大都市，猫是很多的。我住的是个大杂院，每天夜里，猫叫为灾。乡下的猫，是二八月到房顶上交尾，这里的猫，不分季节，冬夏常青。也不分场合，每天夜里，房上房下，窗前门后，互相追逐，互相呼叫，那声音悲惨凄厉，难听极了：有时像狼，有时像枭，有时像泼妇刁婆，有时像流氓混混儿。直至天明，还不停息。早起散步，还看见一院子是猫，发情求配不已。

这样多的猫在院里，那样多的耗子在屋里，这也算是一种矛盾现象吧？

城狐社鼠，自古并称。其实，狐之为害，远不及鼠。鼠形体小，而繁殖众，又密迩人事，投之则忌器，药之恐误伤，遂使此蕞尔细物，子孙繁衍，为害无止境。幼年在农村，闻父老言，捕田鼠缝闭其肛门，纵入家鼠洞内，可尽除家鼠。但做此种手术，易被咬伤手指，终于未曾实验。

一九八三年四月五日

昆虫的故事

人的一生,真正的欢乐,在于童年。成年以后的欢乐,则常带有种种限制。例如说:寻欢取乐;强作欢笑;甚至以苦为乐等等。

而童年的欢乐,又在于黄昏。这是因为:一天劳作之后,晚饭未熟之前,孩子们是可以偷一些空闲,尽情玩一会儿的。时间虽短,其欢乐的程度,是大大超过青年人的人约黄昏后的情景的。

黄昏的欢乐,又多在春天和夏天,又常常和昆虫有关。

一是捉黑老婆虫。

这种昆虫，黑色，有硬壳，但下面又有软翅。当村边的柳树初发芽时，它们不知从何处飞来，群集在柳枝上。儿童们用脚一踢树干，它们就纷纷落地装死。儿童们争先恐后地把它们装入瓶子，拿回家去喂鸡。我们的童年，即使是游戏，也常常和衣食紧密相连。

二是摸爬爬儿。

爬爬儿是蝉的幼虫，黄昏时从地里钻出来，爬到附近的树上，或是篱笆上。第二天清晨，脱去一层黄色的皮，就变成了蝉。

摸蝉的幼虫，有两种方式。一是摸洞，每到黄昏，到场边树下去转悠，看到有新挖开的小洞，用手指往里一探，幼虫的前爪，就会钩住你的手指，随即带了出来。这种洞是有特点的，口很小，呈不规则圆形，边缘很薄。我幼年时，是察看这种洞的能手，几乎百无一失。另一种方式是摸树。这时天渐渐黑了，幼虫已经爬到树上，但还停留在树的下部，用手从树的周围去摸。这种方式，有点碰运气，弄不好，还会碰到别的虫子，例如蝎子，那就很倒霉了。而且这时母亲也就要喊我们回家吃饭了。

捉了蝉的幼虫，回家用盐水泡起来，可以煎着吃。

三是抄老道儿。

我们那里，沙地很多，都是白沙，一望无垠，洁白如雪，人们就种上柳子。柳子地，是我童年的一大乐园。玩累了，坐在沙地上，就会看见有很多小酒盅似的坑儿。里面光滑整洁，无声无息，偶尔有一个蚂蚁或是小飞虫，滑落到里面，很快就没有踪迹了。我们一边嘴里念念有词："老道儿，老道儿，我给你送肉吃来了。"一边用手往沙地深处猛一抄，小酒盅就到了手掌，沙土从指缝里流落，最后剩一条灰色软体的，形似书鱼而略大的小爬虫在掌心。这种虫子就叫老道儿。它总是倒着走，把它放在沙地上，它迅速地倒退着，不久就又形成一个窝，它也不见了。

它的头部，有两只很硬的钳子。别的小昆虫一掉进它的陷阱，被它拉进土里吃掉，这就叫无声的死亡，或者叫莫名其妙的死亡。

现在想来：道家以清静无为、玄虚冲淡为教旨。导引吐纳、餐风饮露以延年。虫之所为，甚不类矣。何以千古相传，赐此嘉名？岂农民对诡秘之行，有所讽喻乎？

一九八四年三月二十八日上午

鞋的故事

我幼小时穿的鞋,是母亲做。上小学时,是叔母做,叔母的针线活好,做的鞋我爱穿,结婚以后,当然是爱人做,她的针线也是很好的。自从我到大城市读书,觉得"家做鞋"土气,就开始买鞋穿了。时间也不长,从抗日战争起,我就又穿农村妇女们做的"军鞋"了。

现在老了,买的鞋总觉得穿着别扭。想弄一双家做鞋,住在这个大城市,离老家又远,没有办法。

在我这里帮忙做饭的柳嫂,是会做针线的,但她里里外外很忙,不好求她。有一年,她的小妹妹从老家来了。听说是要结婚,到这里置办陪送。连买带做,在姐姐家很住了一程子。有时闲下来,柳嫂和我说了不少这个小妹妹的故事。她家很穷苦。她这个妹妹叫小书绫,因为她最小。在家时,姐姐带小妹妹去浇地,一浇浇到天黑。地里有一座坟,坟头上有很大的狐狸洞,棺木的一端露在外面,白天看着都害怕。天一黑,小书绫就紧抓着姐姐的后衣襟,姐姐走一步,她就跟一步,闹着回家。弄得姐姐没法干活儿。

现在大了,小书绫却很有心计。婆家是自己找的,订婚以前,她还亲自到婆家私访一次。订婚以后,她除拼命织席以外,还到山沟里去教人家织席。吃带砂子的饭,一个月也不过挣二十元。

我听了以后,很受感动。我有大半辈子在农村度过,对农村女孩子的勤快劳动,质朴聪明,有很深的印象,对她们有一种特殊的感情。可惜进城以后,失去了和她们接触的机会。城市姑娘,虽然漂亮,我对她们终是格格不入。

柳嫂在我这里帮忙,时间很长了。用人就要做人情。我说:"你妹妹结婚,我想送她一些礼物。请你把这点钱带给她,看她还缺什么,叫她自己去买吧!"

柳嫂客气了几句,接受了我的馈赠。过了一个月,妹妹的嫁妆操办好了,在回去的前一天,柳嫂把她带了来。

这女孩子身材长得很匀称,像农村的多数女孩子一样,她的额头上,过早地有了几条不太明显的皱纹。她脸面清秀,嘴唇稍厚一些,嘴角上总是带有一点微笑。她看人时,好斜视,却使人感到有一种深情。

我对她表示欢迎,并叫柳嫂去买一些菜,招待她吃饭,柳嫂又客气了几句,把稀饭煮上以后,还是提起篮子出去了。

小书绫坐在炉子旁边,平日她姐姐坐的那个位置上,看着煮稀饭的锅。我坐在旁边的椅子上。

"你给了我那么多钱。"她安定下来以后,慢慢地说,"我又帮不了你什么忙。"

"怎么帮不了?"我笑着说,"以后我走到那里,你能不给我做顿饭吃?"

"我给你做什么吃呀?"女孩子斜视了我一眼。

"你可以给我做一碗面条。"我说。

我看出,女孩子已经把她的一部分嫁妆穿在身上。她低头撩了撩衣襟说:"我把你给的钱,买了一件这样的衣服。我也不会说,我怎么谢承你呢?"

我没有看准她究竟买了一件什么衣服,因为那是一件内衣。我忽然想起鞋的事,就半开玩笑地说:"你能不能给我做一双便鞋呢？"

这时她姐姐买菜回来了。她没有说行，也没有说不行，只是很注意地看了看我伸出的脚。

我又把求她做鞋的话，对她姐姐说了一遍。柳嫂也半开玩笑地说：

"我说哩，你的钱可不能白花呀！"

告别的时候，她的姐姐帮她穿好大衣，箍好围巾，理好鬓发。在灯光之下，这女孩子显得非常漂亮，完全像一个新娘，给我留下了容光照人，不可逼视的印象。

这时女孩子突然问她姐姐："我能向他要一张照片吗？"我高兴地找了一张放大的近照送给她。

过春节时，柳嫂回了一趟老家，带回来妹妹给我做的鞋。

她一边打开包，一边说：

"活儿做得精致极了，下了功夫哩。你快穿穿试试。"

我喜出望外，可惜鞋做得太小了。我懊悔地说：

"我短了一句话，告诉她往大里做就好了。我当时有一搭没一搭，没想她真给做了。"

"我拿到街上，叫人家给拍打拍打，也许可以穿。"柳嫂说。

拍打以后，勉强能穿了。谁知穿了不到两天，一个大脚指就瘀了血。我还不死心,又当拖鞋穿了一夏天。

我很珍重这双鞋。我知道,自古以来,女孩子做一双鞋送人,是很重的情意。

我还是没有合适的鞋穿。这二年柳嫂不断听到小书绫的消息:她结了婚,生了一个孩子,还是拼命织席,准备盖新房。柳嫂说:

"要不,就再叫小书绫给你做一双,这次告诉她做大些就是了。"

我说:"人家有孩子,很忙,不要再去麻烦了。"

柳嫂为人慷慨,好大喜功。终于买了鞋面,写了信,寄去了。

现在又到了冬天,我的屋里又生起了炉子。柳嫂的母亲从老家来,带来了小书绫给我做的第二双鞋,穿着很松快,我很满意。柳嫂有些不满地说:"这活儿做得太粗了,远不如上一次。"我想:小书绫上次给我做鞋,是感激之情。这次是情面之情。做了来就很不容易了。我默默地把鞋收好,放到柜子里,和第一双放在一起。

柳嫂又说:"小书绫过日子心胜,她男人整天出去贩卖东西。听我母亲说,这双鞋还是她站在院子里,一边看着孩子,一针一线给你做成的哩。眼前,就是农村,也没有人再穿家做鞋了，材料、针线都不好找了。"

她说的都是真情。我们这一代人死了以后，这种鞋就不存在了，长期走过的那条饥饿贫穷、艰难险阻、山穷水尽的道路，也就消失了。农民的生活变得富裕起来，小书绫未来的日子，一定是甜蜜美满的。

那里的大自然风光，女孩子们的纯朴美丽的素质，也许是永存的吧。

一九八四年十二月十六日

服装的故事

　　我远不是什么纨绔子弟,但靠着勤劳的母亲纺线织布,粗布棉衣,到时总有的。深感到布匹的艰难,是在抗战时参加革命以后。

　　一九三九年春天,我从冀中平原到阜平一带山区,那里因为不能种植棉花,布匹很缺。过了夏季,渐渐秋凉,我们什么装备也还没有。我从冀中背来一件夹袍,同来的一位同志多才多艺,他从老乡那里借来一把剪刀,把它裁开,缝成两条夹裤,铺在没有席子的土炕上。这使我第一次感到布匹的难得和可贵。

那时我在新成立的晋察冀通讯社工作。冬季,我被派往雁北地区采访。雁北地区,就是雁门关以北的地区,是冰天雪地,大雁也不往那儿飞的地方。我穿的是一身粗布棉袄裤,我身材高,脚腕和手腕,都有很大部位暴露在外面。每天清早在大山脚下集合,寒风凛冽。有一天在部队出发时,一同采访的一位同志把他从冀中带来的一件日本军队的黄呢大衣,在风地里脱下来,给我穿在身上。我第一次感到了战斗伙伴的关怀和温暖。

一九四一年冬天,我回到冀中,有同志送给我一件狗皮大衣筒子。军队夜间转移,远近狗叫,就会暴露自己。冀中区的群众,几天之内,就把所有的狗都打死了。我把皮子拿回家去,我的爱人,用她织染的黑粗布,给我做了一件短皮袄。因为狗皮太厚,做起来很吃力,有几次把她的手扎伤。我回路西的时候,就珍重地带它过了铁路。

一九四三年冬季,敌人在晋察冀边区"扫荡"了整整三个月。第二年开春,我刚刚从山西的繁峙一带回到阜平,就奉命整装待发去延安。当时,要领单衣,把棉衣换下。因为我去晚了,所有的男衣,已发完,只剩下带大襟的女衣,没有办法,领下来。这种单衣的颜色,是用土靛染的,非常鲜艳,在山地名叫"月白"。因是女衣,在宿舍换衣服时,我犹豫了,这穿在身上像话吗?

忽然有两个女学生进来——我那时在华北联大高中班教书。她们带着剪刀针线,立即把这件女衣的大襟撕下,缝成一个翻领,然后把对襟部位缝好,变成了一件非常时髦的大翻领钻头衬衫。她们看着我穿在身上,然后拍手笑笑走了,也不知道是赞美她们的手艺,还是嘲笑我的形象。

然后,我们就在枣树林里站队出发。

这一队人马,走在去往革命圣地延安的漫长而崎岖的路上,朝霞晚霞映在我们鲜艳的服装上。如果叫现在城市的人看到,一定要认为是奇装异服了。或者只看我的描写,以为我在有意歪曲、丑化八路军的形象。但那时山地群众并不以为怪,因为他们在村里村外常常看到穿这种便衣的工作人员。

路经盂县,正在那里下乡工作的一位同志,在一个要道口上迎接我,给我送行。初春,山地的清晨,草木之上,还有霜雪。显然他已经在那里等了很久,浓黑的鬓发上,也挂有一些白霜。他在我们行进的队伍旁边,和我握手告别,说了很简短的话。

应该补充,在我携带的行李中间,还有他的一件日本军用皮大衣,是他过去随军工作时,获得的战利品。在当时,这是很难得的东西，大衣做得坚实讲究：皮领，雨布面，上身是丝绵，下身是羊皮，袖子是长毛绒。羊皮之上，还带着敌人的血迹。原来坚壁在房东家里，这次出发前，我考虑到延安天气冷，去找我那件皮衣，找不到，就把他的拿起来。

初夏，我们到绥德，休整了五天。我到山沟里洗了个澡。这是条向阳的山沟，小河的流水很温暖，水冲激着沙石，发出清越的声音。我躺在河中间一块平滑的大石板上，温柔的水，从我的头部胸部腿部流过去，细小的沙石常常冲到我的口中。我把女同学们给我做的衬衣，洗好晾在石头上，干了再穿。

我们队长到晋绥军区去联络，回来对我说：吕正操司令员要我到他那里去。一天上午，我就穿着这样一身服装，到了他那庄严的司令部。那件艰难携带了几千里路的大衣，到延安不久，就因为一次山洪暴发，同我所有的衣物，卷到延河里去了。

这次水灾以后，领导上给我发了新的装备，包括一套羊毛棉衣。这种棉衣当然不错，不过有个缺点，穿几天，里面的羊毛就往下坠，上半身成了夹的，下半身则非常臃肿。和我一同到延安去的一位同志，要随王震将军南下，他们发的是絮棉花的棉衣，他告诉我路过桥儿沟的时间，叫我披着我那件羊毛棉衣，在街口等他，当他在那里走过的时候，我们俩"走马换衣",他把那件难得的真正棉衣换给了我。因为既是南下,越走天气越暖和的。

这年冬季,女同学们又把我的一条棉褥里的棉花取出来,把我的棉裤里的羊毛换进去,于是我又有了一条名副其实的棉裤。她们又给我打了一双羊毛线袜和一条很窄小的围巾,使我温暖愉快地过了这一个冬天。

这时,一位同志新从敌后到了延安,他身上穿的竟是我那件狗皮袄,说是另一位同志先穿了一阵,然后转送给他的。

一九四五年八月,日本投降,我们又从延安出发,我被派作前站,给女同志们赶了很长一段时间的毛驴。那些婴儿们,装在两个荆条筐里,挂在母亲们的两边。小毛驴一走一颠,母亲们的身体一摇一摆,孩子们像燕雏一样,从筐里探出头来,呼喊着,玩闹着,和母亲们爱抚的声音混在一起,震荡着漫长的欢乐的旅途。

冬季我们到了张家口,晋察冀的老同志们开会欢迎我们,穿戴都很整齐。一位同志看我还是只有一身粗布棉袄裤,就给我一些钱,叫我到小市去添补一些衣物。后来我回冀中,到了宣化,又从一位同志的床上,扯走一件日本军官的黄呢斗篷,走了整整十四天,到了老家,披着这件奇形怪状的衣服,与久别的家人见了面。这仅仅是记得起来的一些,至于战争年代里房东老大娘、大嫂、姐妹们为我做鞋做袜，缝缝补补，那就更是一时说不完了。

我们在和日本帝国主义、蒋帮作战的时候，穿的就是这样。但比起上一代的老红军战士，我们的物质条件就算好得多了。

穿着这些单薄的衣服，我们奋勇向前。现在，那些刺骨的寒风，不再吹在我的身上，但仍然吹过我的心头。其中有雁门关外挟着冰雪的风，有冀中平原卷着黄沙的风，有延河两岸虽是严冬也有些温暖的风。我们穿着这些单薄的衣服，在冰冻石滑的山路上攀登，在深雪中滚爬，在激流中强渡。有时夜雾四塞，晨霜压身，但我们方向明确，太阳一出，歌声又起。

一九七七年十一月二十六日改完

菜 花

每年春天，去年冬季贮存下来的大白菜，都近于干枯了，做饭时，常常只用上面的一些嫩叶，根部一大块就放置在那里。一过清明节，有些菜头就会鼓胀起来，俗话叫做菜怀胎。慢慢把菜帮剥掉，里面就露出一株连在菜根上的嫩黄菜花，顶上已经布满像一堆小米粒的花蕊。把根部铲平，放在水盆里，安置在书案上，是我书房中的一种开春景观。

菜花，亭亭玉立，明丽自然，淡雅清净。它没有香味，因此也就没有什么异味。色彩单调，因此也就没有斑驳。平常得很，就是这种黄色。但普天之下，除去菜花，再也见不到这种黄色了。

今年春天，因为忙于搬家，整理书籍，没有闲情栽种一株白菜花。去年冬季，小外孙给我抱来了一个大旱萝卜，家乡叫做灯笼红。鲜红可爱，本来想把它雕刻成花篮，撒上小麦种，贮水倒挂，像童年时常做的那样。也因为杂事缠身，胡乱把它埋在一个花盆里了。一开春，它竟一枝独秀，拔出很高的茎子，开了很多的花，还招来不少蜜蜂儿。

这也是一种菜花。它的花，白中略带一点紫色，给人一种清冷的感觉。它的根茎俱在，营养不缺，适于放在院中。正当花开得繁盛之时，被邻家的小孩，揪得七零八落。花的神韵，人的欣赏之情，差不多完全丧失了。

今年春天风大，清明前后，接连几天，刮得天昏地暗，厨房里的光线，尤其不好。有一天，天晴朗了，我发现桌案下面，堆放着蔬菜的地方，有一株白菜花。它不是从菜心那里长出，而是从横放的菜根部长出，像一根老木头长出的直立的新枝。有些花蕾已经开放，耀眼地光明。我高兴极了，把菜帮菜根修了修，放在水盂里。

我的案头，又有一株菜花了。这是天赐之物。

家乡有句歌谣：十里菜花香。在童年，我见到的菜花，不是一株两株,也不是一亩二亩,是一望无边的。春阳照拂,春风吹动,蜂群轰鸣,一片金黄。那不是白菜花,是油菜花。花色同白菜花是一样的。

一九四六年春天,我从延安回到家乡。经过八年抗日战争,父亲已经很见衰老。见我回来了,他当然很高兴,但也很少和我交谈。有一天,他从地里回来,忽然给我说了一句待对的联语:丁香花,百头,千头,万头。他说完了,也没有叫我去对,只是笑了笑。父亲做了一辈子生意,晚年退休在家,战事期间,照顾一家大小,艰险备尝。对于自己一生挣来的家产,爱护备至,一点也不愿意耗损。那天,是看见地里的油菜长得好,心里高兴,才对我讲起对联的。我没有想到这些,对这副对联,如何对法,也没有兴趣,就只是听着,没有说什么。当时是应该趁老人高兴,和他多谈几句的。没等油菜结籽,父亲就因为劳动后受寒,得病逝世了。临终,告诉我,把一处闲宅院卖给叔父家,好办理丧事。

现在,我已衰暮,久居城市,故园如梦。面对一株菜花,忽然想起很多往事。往事又像菜花的色味,淡远虚无,不可捉摸,只能引起惆怅。

人的一生,无疑是个大题目。有不少人,竭尽全力,想把它撰写成一篇宏伟的文章。我只能把它写成一篇小文章,一篇像案头菜花一样的散文。菜花也是生命,凡是生命,都可以成为文章的题目。

一九八八年五月二日灯下写讫

山地回忆

　　从阜平乡下来了一位农民代表，参观天津的工业展览会。我们是老交情，已经快有十年不见面了。我陪他去参观展览，他对于中纺的织纺，对于那些改良的新农具特别感到兴趣。临走的时候，我一定要送点东西给他，我想买几尺布。

　　为什么我偏偏想起买布来？因为他身上穿的还是那样一种浅蓝的土靛染的粗布裤褂。这种蓝的颜色，不知道该叫什么蓝，可是它使我想起很多事情，想起在阜平穷山恶水之间度过的三年战斗的岁月，使我记起很多人。这种颜色，我就叫它

"阜平蓝"或是"山地蓝"吧。

他这身衣服的颜色,在天津是很显得突出,也觉得土气。但是在阜平,这样一身衣服,织染既是不容易,穿上也就觉得鲜亮好看了。阜平土地很少,山上都是黑石头,雨水很多很暴,有些泥土就冲到冀中平原上来了——冀中是我的家乡。阜平的农民没有见过大的地块,他们所有的,只是像炕台那样大,或是像锅台那样大的一块土地。在这小小的、不规整的,有时是尖形的,有时是半圆形的,有时是梯形的小块土地上,他们费尽心思,全力经营。他们用石块垒起,用泥土包住,在边沿栽上枣树,在中间种上玉黍。

阜平的天气冷,山地不容易见到太阳。那里不种棉花,我刚到那里的时候,老大娘们手里搓着线锤。很多活计用麻代线,连袜底也是用麻纳的。

就是因为袜子,我和这家人认识了,并且成了老交情。那是个冬天,该是一九四一年的冬天,我打游击打到了这个小村庄,情况缓和了,部队决定休息两天。

我每天到河边去洗脸,河里结了冰,我登在冰冻的石头上,把冰砸破,浸湿毛巾,等我擦完脸,毛巾也就冻挺了。有一天早晨,刮着冷风,只有一抹阳光,黄黄的落在河对面的山坡上。我又登在那块石头上去,砸开那个冰口,正要洗脸,听见在下水流有人喊：

"你看不见我在这里洗菜吗？洗脸到下边洗去！"

这声音是那么严厉，我听了很不高兴。这样冷天，我来砸冰洗脸，反倒妨碍了人。心里一时挂火，就也大声说：

"离着这么远，会弄脏你的菜！"

我站在上风头，狂风吹送着我的愤怒，我听见洗菜的人也恼了，那人说：

"菜是下口的东西呀！你在上流洗脸洗屁股，为什么不脏？"

"你怎么骂人？"我站立起来转过身去，才看见洗菜的是个女孩子，也不过十六七岁。风吹红了她的脸，像带霜的柿叶，水冻肿了她的手，像上冻的红萝卜。她穿的衣服很单薄，就是那种蓝色的破袄裤。

十月严冬的河滩上，敌人往返烧毁过几次的村庄的边沿，在寒风里，她抱着一篮子水沤的杨树叶，这该是早饭的食粮。

不知道为什么，我一时心平气和下来。我说：

"我错了，我不洗了，你在这块石头上来洗吧！"

她冷冷地望着我，过了一会才说：

"你刚在那石头上洗了脸，又叫我站上去洗菜！"

我笑着说：

"你看你这人,我在上水洗,你说下水脏,这么一条大河,哪里就能把我脸上的泥土冲到你的菜上去?现在叫你到上水来,我到下水去,你还说不行,那怎么办哩?"

"怎么办,我还得往上走!"

她说着,扭着身子逆着河流往上去了。登在一块尖石上,把菜篮浸进水里,把两手插在袄襟底下取暖,望着我笑了。

我哭不得,也笑不得,只好说:

"你真讲卫生呀!"

"我们是真卫生,你们是装卫生!你们尽笑话我们,说我们山沟里的人不讲卫生,住在我们家里,吃了我们的饭,还刷嘴刷牙,我们的菜饭再不干净,难道还会弄脏了你们的嘴?为什么不连肠子肚子都刷刷干净!"说着就笑得弯下腰去。

我觉得好笑。可也看见,在她笑着的时候,她的整齐的牙齿洁白得放光。

"对,你卫生,我们不卫生。"我说。

"那是假话吗?你们一个饭缸子,也盛饭,也盛菜,也洗脸,也洗脚,也喝水,也尿泡,那是讲卫生吗?"她笑着用两手在冷水里刨抓。

"这是物质条件不好,不是我们愿意不卫生。等我们打败了日本,占了北平,我们就可以吃饭有吃饭的家伙,喝水有喝水的家伙了,我们就可以一切齐备了。"

"什么时候,才能打败鬼子?"女孩子望着我,"我们的房,叫他们烧过两三回了!"

"也许三年,也许五年,也许十年八年。可是不管三年五年,十年八年,我们总是要打下去,我们不会悲观的。"我这样对她讲,当时觉得这样讲了以后,心里很高兴了。

"光着脚打下去吗?"女孩子转脸望了我脚上一下,就又低下头去洗菜了。

我一时没弄清是怎么回事,就问:

"你说什么?"

"说什么?"女孩子也装没有听见,"我问你为什么不穿袜子,脚不冷吗?也是卫生吗?"

"咳!"我也笑了,"这是没有法子么,什么卫生!从九月里就反'扫荡',可是我们八路军,是非到十月底不发袜子的。这时候,正在打仗,哪里去找袜子穿呀?"

"不会买一双?"女孩子低声说。

"哪里去买呀,尽住小村,不过镇店。"我说。

"不会求人做一双?"

"哪里有布呀?就是有布,求谁做去呀?"

"我给你做。"女孩子洗好菜站起来,"我家就住在那个坡子上，"她用手一指，"你要没有布，我家里有点，还够做一双袜子。"

她端着菜走了，我在河边上洗了脸。我看了看我那只穿着一双"踢倒山"的鞋子，冻得发黑的脚，一时觉得我对于面前这山，这水，这沙滩，永远不能分离了。

我洗过脸，回到队上吃了饭，就到女孩子家去。她正在烧火，见了我就说：

"你这人倒实在，叫你来你就来了。"

我既然摸准了她的脾气，只是笑了笑，就走进屋里。屋里蒸汽腾腾，等了一会，我才看见炕上有一个大娘和一个四十多岁的大伯，围着一盆火坐着。在大娘背后还有一位雪白头发的老大娘。一家人全笑着让我炕上坐。女孩子说：

"明儿别到河里洗脸去了，到我们这里洗吧，多添一瓢水就够了！"

大伯说：

"我们妞儿刚才还笑话你哩！"

白发老大娘瘪着嘴笑着说：

"她不会说话，同志，不要和她一样呀！"

"她很会说话！"我说，"要紧的是她心眼儿好，她看见我光着脚,就心疼我们八路军!"

大娘从炕角里扯出一块白粗布,说:

"这是我们妞儿纺了半年线赚的,给我做了一条棉裤,下剩的说给他爹做双袜子,现在先给你做了穿上吧。"

我连忙说:

"叫大伯穿吧!要不,我就给钱!"

"你又装假了,"女孩子烧着火抬起头来,"你有钱吗?"

大娘说:

"我们这家人,说了就不能改移。过后再叫她纺,给她爹赚袜子穿。早先,我们这里也不会纺线,是今年春天,家里住了一个女同志,教会了她。还说再过来了,还教她织布哩!你家里的人,会纺线吗?"

"会纺!"我说,"我们那里是穿洋布哩,是机器织纺的。大娘,等我们打败日本⋯⋯"

"占了北平,我们就有洋布穿,就一切齐备!"女孩子接下去,笑了。

可巧,这几天情况没有变动,我们也不转移。每天早晨,我就到女孩子家里去洗脸。第二天去,袜子已经剪裁好,第三天去她已经纳底子了,用的是细细的麻线。她说:

"你们那里是用麻用线?"

"用线。"我摸了摸袜底,"在我们那里,鞋底也没有这么厚!"

"这样坚实。"女孩子说,"保你穿三年,能打败日本不?"

"能够。"我说。

第五天,我穿上了新袜子。

和这一家人熟了,就又成了我新的家。这一家人身体都健壮,又好说笑。女孩子的母亲,看起来比女孩子的父亲还要健壮。女孩子的姥姥九十岁了,还那么结实,耳朵也不聋,我们说话的时候,她不插言,只是微微笑着,她说:她很喜欢听人们说闲话。

女孩子的父亲是个生产的好手,现在地里没活了,他正计划贩红枣到曲阳去卖,问我能不能帮他的忙。部队重视民运工作,上级允许我帮老乡去作运输,每天打早起,我同大伯背上一百多斤红枣,顺着河滩,爬山越岭,送到曲阳去。女孩子早起晚睡给我们做饭,饭食很好,一天,大伯说:

"同志,你知道我是沾你的光吗?"

"怎么沾了我的光?"

"往年,我一个人背枣,我们妞儿是不会给我吃这么好的!"

我笑了。女孩子说:

"沾他什么光,他穿了我们的袜子,就该给我们做活了!"

又说:

"你们跑了快半月,赚了多少钱?"

"你看,她来查账了,"大伯说,"真是,我们也该计算计算了!"他打开放在被垛底下的一个小包袱,"我们这叫包袱账,赚了赔了,反正都在这里面。"

我们一同数了票子,一共赚了五千多块钱,女孩子说:

"够了。"

"够干什么了?"大伯问。

"够给我买张织布机子了!这一趟,你们在曲阳给我买架织布机子回来吧!"

无论姥姥、母亲、父亲和我,都没人反对女孩子这个正义的要求。我们到了曲阳,把枣卖了,就去买了一架机子。大伯不怕多花钱,一定要买一架好的,把全部盈余都用光了。我们分着背了回来,累得浑身流汗。

这一天,这一家人最高兴,也该是女孩子最满意的一天。这像要了几亩地,买回一头牛;这像制好了结婚前的陪送。

以后,女孩子就学习纺织的全套手艺了:纺,拐,浆,落,经,镶,织。

当她卸下第一匹布的那天，我出发了。从此以后，我走遍山南塞北，那双袜子，整整穿了三年也没有破绽。一九四五年，我们战胜了日本强盗，我从延安回来，在碛口地方，跳到黄河里去洗了一个澡，一时大意，奔腾的黄水，冲走了我的全部衣物，也冲走了那双袜子。黄河的波浪激荡着我关于敌后几年生活的回忆，激荡着我对于那女孩子的纪念。

开国典礼那天，我同大伯一同到百货公司去买布，送他和大娘一人一身蓝士林布，另外，送给女孩子一身红色的。大伯没见过这样鲜艳的红布，对我说：

"多买上几尺，再买点黄色的。"

"干什么用？"我问。

"这里家家门口挂着新旗，咱那山沟里准还没有哩！你给了我一张国旗的样子，一块带回去，叫妞儿给做一个，开会过年的时候，挂起来！"

他说妞儿已经有两个孩子了，还像小时那样，就是喜欢新鲜东西，说什么也要学会。

一九四九年十二月

石 榴

我自幼年,就喜爱石榴树。从树干、枝叶到果实,我都觉得很美。我很想在自家的庭院中,种植一棵,也从集市上买过一株幼苗,离家以后死去了。所有关于石榴树的印象,都是在别人家的窗前阶下留下的。

我的家乡,临着滹沱河,每年发大水,一般农家,没有种花果树的习惯。大户人家的高宅大院里,偶尔有之。我印象最深的一棵石榴,是我在一九四七年,跟随冀中土改试点小组,在博野县一家房东院中见到的。

房东是一个中年寡妇,她有两个男孩子,一个女孩子。女孩子是老大;她细高身材,皮肤白皙,很聪明,好说笑,左眼角上,有一块麦粒大小的伤痕,整天蹲在机子上织布,给我做过一些针线。

在工作组,我是记者,带有体验生活的性质。又因为没有实际工作经验,领导上并不派我什么具体工作。

土改试点一开始,就从平汉路西面,传来一些极"左"的做法。在这个村庄,我第一次见到了对地主的打拉。打,是在会场上,用秫秸棍棒,围着地主斗争,也只是很少的几个积极分子。拉,是我一次在村边柳林散步时,偶尔碰到的。

正当夏季,地主穿着棉袄棉裤,躺卧在地下,被一匹大骡子拉着。骡子没有拉过这种东西,它很惊慌,一个青年农民,狠狠地控制着它,农民也很紧张,脸都涨青了。后面跟着几个贫雇农,幸亏没有敲锣打鼓。

这显然是一种恐怖行动,群众不一定接受得了,但这是发动群众。不知是群众不得不这样做给领导看,还是领导不得不这样去领导。也不知是哪一个别有用心的人,这样来解释"一打一拉"的政策。

我赶紧躲开,回到房东那里,家里人都去会场了,就姑娘一个人在机子上。我坐在台阶上,说:

"小花,有水吗?我喝一口。"

她下来给我点火现烧,说:"怎么这样早,你就回来了?"

"那里没有我的事。"

"从来也没见过你讲话,你是吃粮不管事呀!"她说笑着,又蹬起机子来。

我也没有见过姑娘去开会,当然,家里也需要留个人看门。我望着台阶下,正在开花的石榴说:

"谁栽的?"

"我爹。没等到吃个石榴就死了。"

"甜的酸的?"

"甜的,住到中秋,送你一个大石榴。"

住的日子长了,在邻舍家吃派饭,听到过关于姑娘的一些闲言,说她前几年跳过一次井。眉上那伤疤,就是那次落下的,井就在她家门口。关于这种事,我从来不好多问,讲述的人,也就止住不讲了。

试点工作结束后,人们全撤离了。我走了几天,留恋这家人,骑车子又回来了。一进村,大街上空无一人,在路过地主家门时,那位被拉过的老头,正好走出来。他挂着拐杖,头上裹着一块白布。他用仇恨的目光注视着我。

我回到房东家,大娘对我的态度,和几天以前比,是大不一样了，我又到贫农团，主席对我也只是应付。

走在街上，有人在背后说：

"怎么又来了？"

"准是住在小花家。"

我走回小花家，家里人都去地里干活了，小花正在迎门的板床上歇晌。她穿一身自己织纺的浅色花格裤褂，躺得平平的，胸部鼓动着，嘴唇翕张着，眉上的那块小疤痕，微微地跳动着。她现在美极了，在我眼前，是一幅油画，一座铜雕，一尊玉佛。

我退出来，坐在台阶上，凝视着那棵石榴树。天气炎热，石榴花正在盛开，像天上落下的一片红云。这时，一个穿得很讲究的年轻人，在大门外，玩弄枪支。前一阶段，从来没见过这个人。

不久，大娘回来了，我向她告别。她也没有留我，只是说：

"别人不知怎么说我们呢！"

后来，工作组的人说，他们听说我又回去了，曾捎信叫我赶紧离开。打扫战场，会出危险的。我也想到，那个玩枪的年轻人，很可能和小花跳井有关联，她是想把我吓走。

过了几年，我在附近下乡又去过一次，没见到小花，早已出嫁了。因为是冬天，也就没有注意那棵石榴树。

我现在想，大娘是个寡妇，孩子们又小。她家是什么成分，说来惭愧，我当时也没问过，可能是中农。我住在她家，她给我做好饭吃,叫小花给我做针线活,她希望的是,虽不一定能沾我什么光,也不要被什么伤。她一家人,当时的表现,是既不靠前,也不靠后,什么事也不多讲,也不想分到什么东西。小花的跳井,可能是她老人家,极端避讳的话题,我的不看头势,冒冒失失,就使她更加不安了。

当我这样想通的时候,大娘肯定早已逝世。当时的年轻人,现时谁在谁不在,也弄不清楚了。

老年人,回顾早年的事,就像清风朗月,一切变得明净自然,任何感情的纠缠,也没有,什么迷惘和失望,也消失了。而当花被晨雾笼罩,月在云中穿度之时,它们的吸引力,是那样强烈,使人目不暇接,废寝忘食,甚至奋不顾身。

芸斋主人曰:城市所售石榴树苗,多为酸种。某年深秋,余游故宫,见御河桥上,陈列大石榴树两排。树皮剥裂为白色,叶已飘落尽,碗大石榴,垂摇白玉雕栏之上,红如玛瑙,叹为良种。时故宫博物院长为故人,很想向他要一枚,带回栽种。因念及宫禁,朋友又系洁身自好、一尘不染之君子,乃未启齿,至今以为憾事。

一九九八年七月十七日,大热

残瓷人

　　这是一个小女孩的白瓷造像。小孩儿梳两条小辫，只穿一条黄色短裤。她一手捧着一只小鸟，一手往小鸟的嘴中送食，这样两手和小鸟，便连成了一体。

　　这是我一九五一年，从国外一个小城市买回的工艺品。那时进城不久，我住在一个大院后面，原来是下人住的小屋里，房间里空空，我把它放在从南市旧货摊上买回的一个樟木盒子里。后来，又放进一些也是从旧货摊上买来的小玩意儿，成了我的百宝箱。

有一年,原在冀中的一位老战友来看我。我想起在抗日战争时期,我过封锁线,他是军分区的作战科长,常常派一个侦察员护送我,对我有过好处,一时高兴,就把百宝箱打开,请他挑几件玩意儿。他选了一对日本烧制的小花瓶,当他拿起这个小瓷人的时候,我说:

"这一件不送,我喜欢。"

他就又放下了。为了表示歉意,我送了他一张董寿平的梅花立轴,他高兴极了。

后来,我的东西多了,买了一个玻璃柜,专放瓷器,小瓷人从破木盒升格,也进入里面。文化大革命,全被当作四旧抄走了。

其实柜子里,既没有中国古董,更没有外国古董。它不过是一件哄小孩的瓷器,底座上标明定价,十六个卢布。

落实政策,瓷器又发还了。这真是有组织有计划的抄家,东西保存得很好,一件也没有损失,小瓷人也很好。

我已经没有心情再玩弄这些东西,我把它们放在一个稻草编的筐子里。一九七六年大地震,我屋里的瓷器,竟没有受损,几个放在书柜上的瓶子,只是倒在柜顶上,并没有滚落下来。小瓷人在草筐里,更是平安无事。

但地震震裂了屋顶。这是旧式房,天花板的装饰很重,一天夜里下雨，屋漏，一大块天花板的边缘部分，坠落下来，砸倒了草筐，小瓷人的两只手都断了。

我几经大劫，对任何事物，都没有了惋惜心情。但我不愿有残破的东西，放在眼前身边。于是，我找了些胶水，对着阳光，很仔细地把它的断肢修复，包括几片米粒大小的瓷皮，也粘贴好了。这些年，我修整了很多残书，我发现自己在修修补补方面，很有一些天赋。如果不是现在老眼昏花，我真想到国家的文物部门，去谋个差事。

搬家后，我把小瓷人带入新居，放在书案上。不知为什么，我忽然有些伤感了。我的一生，残破印象太多了，残破意识太浓了。大的如"九·一八"以后的国土山河的残破，战争年代的城市村庄的残破。"文化大革命"的文化残破，道德残破。个人的故园残破，亲情残破，爱情残破……我想忘记一切。我又把小瓷人放回筐里去了。

司马迁引老子之言：美好者不祥之器。我曾以为是哲学之至道，美学的大纲。这种想法，当然是不完整的，很不健康的。

一九九二年一月三十日下午，大风

《善闇室纪年》摘抄

我的童年

一九一三年（旧历癸丑），阴历四月初六日，生于河北省安平县东辽城村。村一百余户，东至县城十八里，西南至子文镇三里。子文有集，三、十月有药王庙会。

我上有兄姊五人，都殇。听母亲说，当时家境很不好，产后，外祖母拆破鸡笼，为她煮饭。我生时，家已稍裕。父亲幼年，由一个招赘在本村的山西人，介绍到安国县一家油粮店学徒，此店兼营钱业。父亲后来吃上劳力股份，买了一些田。

又买了牲口车辆，叫叔父和二舅父拉脚。

生我后，母亲无奶。母亲说，被一怀孕堂婶沾了去。喂我些糊，即把馒头弄碎，然后再煮成粥状。因此，我幼年体弱，且有惊风疾。母亲为我终年烧香还愿，并时常请一邻居老奶奶，为我按摩腹部以助消化。惊风病至十来岁，由叔父骑驴带到伍仁桥，请人针刺手腕（清明日，连三年），乃愈。

一九一九年，七岁（虚岁，下同）。入本村小学。时已非私塾，系洋学堂，不念四书，读课本。功课以习字、作文为重。父亲请人为祖父撰写碑文，交老师教我背诵。教师多为简易师范毕业，系附近村庄人，假日可回家务农。无正式校舍，借人家闲院闲房，稍事修整为课堂，复式教学。大学生为老师买菜做饭，以为荣耀。我家每年请先生两次酒饭，席间，叔父嘱以不要打，因我有病。冬季上夜校，提小玻璃煤油灯，放学路上甚乐。

一九二四年，十二岁。随父亲至安国县，考入高级小学。按照我的家庭情况，上完初级小学，本应务农，或到外处学习商业。但父亲听信安国县邮政局长之言，发愿叫我升学。习英语，以便考入邮政，说这是铁饭碗。高级小学在县城内东北角，原文庙内。设备完好，图书亦多。在此，课外阅读了文学研究会的一些小说，商务印书馆出版的杂志和儿童读物。

安国县原名祁州，为药材聚散之地，传说，各路药材，不到祁州即不灵。每年春冬庙会（药王庙），商贾云集，有川广云贵各帮。药商为了广招徕，演大戏，施舍重金，修饰药王庙，殿宇深邃，庙前有一对铁狮子，竖有两棵高大铁旗杆，数十里外就可以看到。

南关商业繁盛，多药材庄和作坊，各地药商，都有常驻这里的人员店铺。

不久母亲和表姐亦来此，我们寄居在父亲一个朋友的闲院里，地处西门里。一直到我读完高小。

在安国时，父亲并为我请一课外教师，系一潦倒秀才，专教古文，记得他曾在集市上代我买《诗韵合璧》一部，我未能攻习。

一九二六年，十四岁。考入保定育德中学，保定距安国一百二十里，乘骡车。父亲送考，考第二师范，未被录取，不得已改考中学，中学费大。

一九二七年，十五岁。休学一年，实系年幼想家，不愿远出。这一年大革命北伐，影响保定，学校有学潮，我均未见，是大损失。父亲寄《三民主义》一本至家，是咸与维新之意。是年订婚，同县黄城王姓。

一九二八年，十六岁。暑假后复学。大饭厅也是大会堂，写上了总理遗嘱、建国方略。每星期一做纪念周，校长在台上带领静默，总不到规定时间，即宣告默毕。不然，学生们即忍不住要笑。作文课，得老师称许，并屡次在校刊发表，多为小说。记得有一篇写一家盲人，一篇写一女演员。

初中四年期间，除一般课程外，在图书馆借读文学作品。图书馆主任，先为安志诚先生，后为王斐然先生，对我均有鼓励帮助。

一九二九年，十七岁。结婚。

一九三一年，十九岁。初中毕业，"九·一八"事变。

一九八〇年四月

在安国县

我十二岁，跟随父亲到安国县上学。我村距安国县六十里路。第一次是同父亲骑一匹驴去的，父亲把我放在前面。路过河流、村庄，父亲就下去牵着牲口走，我仍旧坐在上面。

等到下午三四点钟，才到了县城，一进南关，就是很热闹的了，先过药王庙，有铁旗杆，铁狮子。再过大药市、小药市，到处是黄芪味道，那时还都是人工切制药材。大街两旁都是店铺,真有些熙熙攘攘的意思。然后进南城门洞,有两道城门,都用铁皮铁钉包裹。

父亲所在的店铺,在城里石牌坊南边路东,门前有一棵古槐,进了黑漆大门,有一座影壁,下面有鱼缸,还种着玉簪花。

在院里种着别的花草和荷花。前院是柜房,后院是油作坊。

这家店铺是城北张姓东家,父亲从十几岁在这里学徒,现在算是掌柜了。

店铺对门的大院,是县教育局,父亲和几位督学都相识。我经过考试,有一位督学告诉父亲,说我的作文中,"父亲在安国为商","为商"应该写作"经商",父亲叫我谨记在心,我被录取。

店铺吃两顿饭,这和我上学的时间,很有矛盾。父亲在十字街一家面铺,给我立了一个折子,中午在那里吃。早晨父亲起来给我做些早点。下午放学早,晚饭在店铺吃。终究不方便,半年以后,父亲把母亲和表姐从家里接来,在西门里路南胡家的闲院借住。

父亲告诉我,胡家的女主人是我的干娘,干爹是南关一家药店的东家,去世了。干娘对我很好,她有两个儿子,两个姑娘,大儿子在家,二儿子和我一同上高级小学,对我有些歧视。

这是一家地主,那时,城市和附近的地主,都兼营商业。她家雇一名长工,养一匹骡子,有一辆大车,还有一辆轿车。地里的事,都靠长工去管理,家里用一个老年女佣人,洗衣做饭,人们叫她"老傅家"。

我那位干哥哥,虽说当家,却是个懒散子弟,整天和婶母大娘们在家里斗牌。他同干嫂,对我也很好。

那位干姐,在女子高级小学读书,长得洁白秀丽,好说笑,对我很热情、爱护。她做的刺绣手工和画的桃花,给我留下深刻的印象。她好看《红楼梦》,有时坐在院子里,讲给我的表姐听。表姐幼年丧母,由我母亲抚养成人,帮母亲做活做饭,并不认识字。但记忆力很好。

我那时,功课很紧,在学校又爱上了新的读物,所以并不常看这些旧小说。父亲为了使我的国文进步,请了街上一位潦倒秀才,教我古文。老秀才还企图叫我作诗,给我买了一部《诗韵合璧》,究竟他怎么讲授的,一点印象也没有了。

胡家对门,据说是一位古文家,名叫刁苞的故居。父亲借来他的文集叫我看,我对那种木板刻的大本书,实在没有兴趣,结果一无所得。

这座高小,设在城内东北角原是文庙的地方。学校的教学质量,我不好评议,只记得那些老师,都是循规蹈矩,借以糊口，并没有什么先进突出之处。学校的设备，还算完善，有一间阅览室，里面放着东方杂志、教育杂志、学生杂志、妇女杂志、儿童世界等等，都是商务印书馆的出版物。还有从历史改编的故事，如岳飞抗金兵、泥马渡康王等等。还有文学研究会的小说集，叶绍钧的《隔膜》、刘大杰的《渺茫的西南风》等等，使我眼界大开。

因为校长姓刘，学校里有好几位老师也姓刘，为了便于区分，学生们都给他们起个外号。教我国文的老师叫大鼻子刘。有一天，他在课堂上，叫我们提问，我请他解释什么叫"天真烂漫"，他笑而不答，使我一直莫名其妙。等到我后来也教小学了，才悟出这是教员滑头的诀窍之一，就是他当时也想不出怎样讲解这个词。

父亲和县邮局的局长认识，愿意叫我以后考邮政。那一年，有一位青年邮务员新分配到这个局里，父亲叫我和他交好，在他公休的时候，我们常一同到城墙上去散步，并不记得他教我什么，只记得他常常感叹这一职业的寂寞、枯燥、远离家乡、举目无亲之苦。

干姐结婚后，不久就患肺病死去了，我也到保定读书去了。母亲和表姐，又都回到原籍去。

解放以后，我到安国县去过一次，这一家人，作为地主，生活变化很大。房屋拆除了不少,有被分的,有自卖的。干哥夫妇,在我们居住过的地方,开了一座磨面作坊。

一九八〇年十月十一日晨

在北平

从北平市政府出来以后,失业一段时间,后来到象鼻子中坑小学当事务员。

这座小学校,在东城观音寺街内路北,当时是北平不多几个实验小学之一。

这也是父亲代为谋取的,每月十八元薪金。校长姓刘,是我在安国上小学时那个校长的弟弟,北平师范毕业。当时北平的小学,都由北平师范的学生把持着。北伐战争时期,这个校长参加了国民党,在接收这个小学时,据说由几个同乡同学,从围墙外攻入,登上六年级教室那个制高点,抛掷砖瓦,把据守在校内的非北师毕业的校长驱逐出去。帮他攻克的同乡、同事,理所当然地都是本校教员了。

校长每月六十元薪金,此外修缮费、文具费虚报,找军衣庄给学生做制服，代书店卖课本，都还有些好处。所以他能带家眷，每天早上冲两个鸡蛋，冬天还能穿一件当时在北平很体面的厚呢大外氅。

此人深目鹰鼻，看来不如他的哥哥良善。学校有两名事务员，一个管会计，一个管庶务。原来的会计，也是安国人，大概觉得这个职业，还不如在家种地，就辞职不干了。父亲在安国听到这个消息，就托我原来的校长和他弟弟说，看人情答应的。

但是，我的办事能力实在不行，会计尤其不及格。每月向社会局（那时不叫教育局）填几份表报，贴在上面的单据，大都是文具店等开来的假单据，要弄得支付相当，也需要几天时间。好在除了这个，也实在没有多少事。校长看我是个学生，又刚来乍到，连那个保险柜的钥匙，也不肯交给我。当然我也没兴趣去争那个。

只是我的办公地点太蹩脚。校长室在学校的前院，外边一大间，安有书桌电话，还算高敞；里边一间，非常低小阴暗，好像是后来加盖的一个"尾巴"，但不是"老虎尾巴"，而是像一个肥绵羊的尾巴。尾巴间向西开了一个低矮的小窗户，下面放着我的办公桌。靠南墙是另一位办事员的床铺，北墙是我的床铺。

庶务办事员名叫赵松，字干久，比我大几岁。他在此地干得很久了，知道学校很多掌故，对每位教员，都有所评论，并都告诉我。

每天午饭前，因为办公室靠近厨房，教员们下课以后，都拥到办公室来，赵松最厌烦的是四年级的级任，这个人，从走路的姿势，就可以看出他的自高自大。他有一个坏习惯，一到办公室，就奔痰盂，大声清理他的鼻喉。赵松给他起了一个绰号，叫作"管乐"。这位管乐西服革履，趾高气扬。后来忽然低头丧气起来，赵松告诉我，此人与一女生发生关系，女生怀孕，正在找人谋求打胎。并说校长知而不问，是因同乡关系。

六年级级任，也是校长的同乡，他年岁较大，长袍马褂，每到下课，就一边擦着鼻涕，一边急步奔到我们的小屋里，两手把长袍架起，眯着眼睛，弓着腰，嘴里喃喃着"小妹妹，小妹妹"，直奔赵松的床铺，其神态酷似贾琏。赵松告诉我，这位老师，每星期天都去逛暗娼，对女生，师道也很差。

学校的教室，都在里院，和我们隔着一道墙，我不好走动，很少进去观望。上课的时候，教员讲课的声音，以及小学生念笔顺的音声，是听得很清楚的。那时这座小学正在实验"引起动机"教学法，就是先不讲课文的内容，而由教员从另外一种事物引起学生学习课文的动机。不久，小学生就了解老师的做法，不管你怎样引起，他就是不往那上面说。比如课文

讲的是公鸡,老师问:

"早晨你们常听见什么叫唤呀!"

"鸟叫。"学生们回答。

老师一听有门,很高兴,又问:

"什么鸟叫啊?"

"乌鸦。"

"没有听到别的叫声吗?"

"听到了,麻雀。"

这也是赵松告诉我的故事。

每月十八元,要交六元伙食费,剩下的钱再买些书,我的生活,可以算是很清苦了。床铺上连枕头也没有,冬天枕衣包,夏天枕棉裤。赵松曾送我两句诗,其中一句是"可怜年年枕棉裤"。

可是正在青年,志气很高,对人从不假借,也不低三下四。现在想起来,这一方面,固然是刚出校门,受社会感染还不深,也并没有实受饥寒交迫之苦;另一方面也因为家有一点恒产,有退身之路,可以不依附他人,所以能把腰直立起来。

这些教员自视,当然比我们高一等,他们每月有四十元薪金,但没有一个人读书,也不备课,因为都已教书多年,课本又不改变。每天吃过晚饭,就争先恐后地到外边玩去了。三年级级任,是定兴县人,他家在东单牌楼开一座澡堂,有时就请同事到那里洗澡，当然请不到我们的名下。

我和赵松，有时寂寞极了，也在星期六晚上，到前门外娱乐场所玩一趟，每人要花一元多钱，这在我们，已经是所费不赀了。回来后，赵松总是倒在床上咳叹不已，表示忏悔。后来，他的一位同乡，在市政府当了科长，约他去当一名办事员，每月所得，可与教员媲美。他把遗缺留给他的妹夫，这人姓杨，也是个中学生，和我也很要好。

我还是买些文艺书籍来读。一年级的级任老师，是个女的，有时向我借书看，她住在校内，晚上有时也到我们屋里谈谈，总是站在桌子旁边，不苟言动。

每逢晚饭之后，我到我的房后面的操场上去。那里没有一个人，我坐在双杠上，眼望着周围灰色的墙，和一尘不染的天空，感到绝望。我想离开这里，到什么地方去呢？我想起在中学时，一位国文老师，讲述济南泉柳之美，还有一种好吃的东西，叫小豆腐，我幻想我能到济南去。不久，我就以此为理由，向校长提出辞职，校长当然也不会挽留。

但到济南又投奔何处？连路费也没有。我只好又回到老家去，那里有粥喝。

一九八〇年十月十一日晨

去延安

一九四四年（三十二岁）返至华北联大教育学院，立即得到通知，明日去延安。

次日，领服装上路，每人土靛染浅蓝色粗布单衣裤两身。我去迟，所得上衣为女式。每人背小土布三匹，路上卖钱买菜。

行军。最初数日，越走离家乡越远，颇念家人。

路经盂县，田间候我于大道。我从机关坚壁衣物处携走田的日本皮大衣一件。

我们行军，无敌情时，日六七十里，悠悠荡荡，走几天就休息一天，由打前站的卖去一些土布，买肉改善伙食。

至陕西界，风光很好。

在绥德休息五天。晋绥军区司令部，设在附近。吕正操同志听说我在这里路过，捎信叫我去。我穿着那样的服装，到他那庄严的司令部做客，并见到了贺龙同志，自己甚觉不雅。我把自己带着的一本线装《孟子》，送给了吕。现在想起来，也觉举动奇怪。

绥德是大山城，好像我们还在那里洗了澡。

清涧县城给我留下了很深的印象。那里的山，是一种青色的、湿润的、平滑的板石构成的。那里的房顶、墙壁、街道，甚至门窗、灶台、炕台、地下，都是用这种青石建筑或铺平的。县城在峭立的高山顶上，清晨黄昏，大西北的太阳照耀着这个山城，确实绮丽壮观。雨后新晴，全城如洗过，那种青色就像国画家用的石青一般沉着。

米脂，在陕北是富庶的地方。县城在黄土高原上，建筑得非常漂亮。城里有四座红漆牌坊，就像北京的四牌楼一样。

我们从敌后来。敌后的县城，城墙，我们拆除了，房屋街道，都遭战争破坏；而此地的环境，还这样完整安静。我躺在米脂的牌坊下，睡了一觉，不知梦到何方。

到了延安，分配到鲁迅艺术文学院，先安置在桥儿沟街上一家骡马店内。一天傍晚，大雨。我们几个教员，坐在临街房子里的地铺上闲话。我说：这里下雨，不会发水。意思是：这里是高原。说话之间，听流水声甚猛，探身外视，则洪水已齐窗台。急携包裹外出，刚刚出户，房已倒塌。仓皇间，听对面山上有人喊：到这边来。遂向山坡奔去。经过骡马店大院时，洪水从大门涌入，正是主流，水位迅猛增高。我被洪水冲倒，弃去衣物，触及一拴马高桩，遂攀登如猿猴焉。大水冲击马桩，并时有梁木、车辕冲过。我怕冲倒木桩，用脚、腿拨开，多处受伤。好在几十分钟，水即过去。不然距延河不到百米，身恐已随大江东去矣。

后听人说，延河边有一石筑戏楼，暑天中午，有二十多人，在戏楼上乘凉歇响。洪水陡至，整个戏楼连同这些人，漂入延河。到生地方，不先调查地理水文，甚危险也。

水灾后，除一身外，一无所有。颇怨事先没人告诉我们，此街正是山沟的泄水道。次日，到店院寻觅，在一车脚下找到衣包，内有单衣两套。拿到延河边，洗去污泥，尚可穿用。而千里迢迢抱来田间的皮大衣，则已不知被别人捡去，还是冲到延河去了。那根拿了几年的六道木棍，就更没踪影了。

在文学系，名义是研究生。先分在北山阴土窑洞，与公木为邻。后迁居东山一小窑，与鲁藜、邵子南为邻。

一些著名作家，戏剧、音乐、美术专家，在这里见到了。

先在墙报上发表小说《五柳庄纪事》，后在《解放日报》副刊，发表《荷花淀》《芦花荡》《麦收》等。提升教员，改吃小灶，讲《红楼梦》。

生活：窑洞内立四木桩，搭板为床。冬季木炭一大捆，很温暖，敌后未有此福也。

家具：青釉瓷罐一个，可打开水。大砂锅一，可热饭，也有用它洗脸的。水房、食堂，均在山下。经常吃到牛羊肉，主食为糜子。

刚去时，正值大整风以后，学院表面，似很沉寂。原有人员，多照料小孩，或在窑洞前晒太阳。黄昏，常在广场跳舞，鲁艺乐队甚佳。

敌后来了很多人，艺术活动多了。排练《白毛女》，似根据邵子南的故事。

我参加的生产活动：开荒，糊洋火盒。修飞机场时，一顿吃小馒头十四枚。

延安的土布，深蓝色，布质粗而疏，下垂。冬季以羊毛代棉絮，毛滑下坠。肩背皆空。有棉衣，甚少。邓德滋随军南下，相约：在桥儿沟大道上，把他领到的一件棉上衣换给我。敌后同来的女同志，为我织毛袜一双，又用棉褥改小袄一件，得以过冬。

讲课时，与系代主任舒群同志争论。我说《红楼梦》表现的是贾宝玉的人生观。他说是批判贾宝玉的人生观，引书中《西江月》为证。

沙可夫同志亦从前方回来，到学院看我，并把我在前方情况，介绍给学院负责人宋侃夫同志。沙见别人都有家眷，而我独处，关怀地问：是否把家眷接来？彼不知无论关山阻隔，小儿女拖累，父母年老，即家庭亦离她不开。

序的教训

多言多败，文章写多了，是非也必多。近有老友，多年未通音问，忽先来二信，联络情谊，然后寄来诗稿，要求作序。我向重感情，尤其是老年战友，凡以此事相求者，无不立即应承。诗稿未能通读，无可多谈者，乃就旧日共同经历朋友交情，说了几句话。对诗作虽无过多表扬，然亦无过多贬抑。稿末照例附言：如不能用，切勿勉强。随即寄回，请他定夺。序文不久又为一期刊拿去，亦曾写信通知。不意此老友在外云游两个月，方才回到家中，见到序文，先拍来一加急电报：万勿发表。随后来一封长信，略谓：如将此序用在书上，或在任何期刊发表，将使他处于"难堪的境地"。我除即刻致信刊物，追回稿件外，仍以老友资格，去信向他作了一些解释和安慰。他接信后，再次发来加急电报，一定把序文撤下，以免影响诗集出版云云，看来如果稿子追不回来，还要有更多的纠缠和麻烦。

这真是当头棒喝，冷水浇头，我的热意全消了。电报在我手里拿了很久，若有所悟，亦有所感：

序文不合意，不用在书上就是了。而且稿件俱在，全是一片好意，其中并无不情不义之词，何至影响诗集出版呢？

当然，我们有过一个传统的观念：一部作品，或题名于奖榜之上，或列目于报告之中，或由专家题字，或得权威写评，都可以身价顿增，龙门得跃。但我是一个平凡的人，没有那样大的法力。说好，出版者未必就赏以青睐；说不好，出版者未必就待以冷遇。况文章诗词，究非商品，即是商品，亦如欧阳修所说，市有定价，不以人言口舌定贵贱。出版社收稿，当以稿件质量为标准，读者买书，当以书籍水平为权衡，岂能单凭别人的话，以定取舍？

序者，引也。评论作品，多说好话，固是一路；然此亦甚难，如胡乱吹捧，虽讨好于作者，对广大读者实为欺骗。我所作序,多避实就虚,或谈些感想,或忆些旧事,于作品内容缺少介绍,对作者,读者,虽亦助兴导游之一途,然究非序之正体。正体之序,应提举纲要,论列篇章。鼓吹之于序文,自不可少,然当实事求是,求序者不应把作序者视为乐佣。

我为人愚执,好直感实言,虽吃过好多苦头,十年动乱中,且因此几至于死,然终不知悔。老朋友如于我衰迈之年,寄希望于我的谀媚虚假之词,那就很谈不上是相互了解了。

当然,这是就我这一方而说。再一转念,老朋友晚年出一本诗集问世,我确也应该多说一些捧场的话。如觉得无话可说,也可以婉言谢绝。我答应了,而没有从多方面考虑,把序写好,致失求者之望,又伤自己之心,可算是一次经验教训吧。在该序文的最后,我曾写道:

我苟延残喘,其亡也晚。故旧友朋,不弃衰朽,常常以序引之命责成。缅怀往日战斗情谊,我也常常自不量力,率意直陈。好在我说错了,老朋友是可以谅解的。因为他们也知道我的秉性,不易改变,是要带到土里去的了。

今天看来,我这些话说得有些太自信了,是主观的一厢情愿的想法。回想过去写了那么多序,别人也可能有意见,不过海量宽些，隐忍未发罢了。

因此，现在声明一下：从今而后，不再为别人作序。别人也不要再以此事相求。愿远近友好，诗人作家，一体垂鉴。

一九八二年六月十六日上午

编者注：
本文所言序文，乃为诗人玛金（1913—1996）诗集写的序，后收入《孙犁文集》第六卷，百花文艺出版社2013年版。

吃粥有感

我好喝棒子面粥,几乎长年不断,晚上多煮一些,第二天早晨,还可以吃一顿。秋后,如果再加些菜叶、红薯、胡萝卜什么的,就更好吃了。冬天坐在暖炕上,两手捧碗,缩脖而啜之,确实像郑板桥说的,是人生一大享受。

有人向我介绍,胡萝卜营养价值很高,它所含的维生素,较之名贵的人参,只差一种,而它却比人参多一种胡萝卜素。我想,如果不是人们一向把它当成菜蔬食用,而是炮制成为药物,加以装潢,其功效一定可以与人参旗鼓相当。

是一九四二年的冬天吧，日寇又对晋察冀边区进行"扫荡"，我们照例是化整为零，和敌人周旋。我记得我和诗人曼晴是一个小组，一同活动。曼晴的诗朴素自然，我曾写短文介绍过了。他的为人，和他那诗一样，另外多一种对人诚实的热情。那时以热情著称的青年诗人很有几个，陈布洛是最突出的一个，很久见不到他的名字了。

我和曼晴都在边区文协工作，出来打游击，每人只发两枚手榴弹。我们的武器就是笔，和手榴弹一同挂在腰上的，还有一瓶蓝墨水。我们都负有给报社写战斗通讯的任务。我们也算老游击战士了，两个人合计了一下，先转到敌人的外围去吧。

天气已经很冷了。山路冻冰，很滑。树上压着厚霜，屋檐上挂着冰柱，山泉小溪都冻结了。好在我们已经发了棉衣，穿在身上了。

一路上，老乡也都转移了。第一夜，我们两个宿在一处背静山坳栏羊的圈里，背靠着破木栅板，并身坐在羊粪上，只能避避夜来寒风，实在睡不着觉的。后来，曼晴就用《羊圈》这个题目，写了一首诗。我知道，就当寒风刺骨、几乎是露宿的情况下，曼晴也没有停止他的诗的构思。

第二天晚上，我们游击到了一个高山坡上的小村庄，村里也没人，门子都开着。我们摸到一家炕上，虽说没有饭吃，却好好睡了一夜。

清早,我刚刚脱下用破军装改制成的裤衩,想捉捉里面的群虱,敌人的飞机就来了。小村庄下面是一条大山沟,河滩里横倒竖卧都是大顽石,我们跑下山,隐蔽在大石下面。飞机沿着山沟上空,来回轰炸。欺侮我们没有高射武器,它飞得那样低,好像擦着小村庄的屋顶和树木。事后传说,敌人从飞机的窗口,抓走了坐在炕上的一个小女孩。我把这一情节,写进一篇题为《冬天,战斗的外围》的通讯,编辑刻舟求剑,给我改得啼笑皆非。

飞机走了以后,太阳已经很高。我在河滩上捉完裤衩里的虱子,肚子已经辘辘地叫了。

两个人勉强爬上山坡,发现了一小片胡萝卜地。因为战事,还没有收获。地已经冻了,我和曼晴用木棍掘取了几个胡萝卜,用手擦擦泥土,蹲在山坡上,大嚼起来。事隔四十年,香脆,还好像遗留在唇齿之间。

今晚喝着胡萝卜棒子面粥,忽然想到此事。即兴写出,想寄给自从一九六六年以来,就没有见过面的曼晴。听说他这些年是很吃了一些苦头的。

一九七八年十二月二十日夜

书的梦

到市场买东西,也不容易。一要身强体壮,二要心胸宽阔。因为种种原因,我足不入市,已经有很多年了。这当然是因为有人帮忙,去购置那些生活用品。夜晚多梦,在梦里却常常进入市场。在喧嚣拥挤的人群中,我无视一切,直奔那卖书的地方。

远远望去,破旧的书床上好像放着几种旧杂志或旧字帖。顾客稀少,主人态度也很和蔼。但到那里定睛一看,却往往令人失望,毫无所得。

按照弗洛伊德的学说,这种梦境,实际上是幼年或青年时代，残存在大脑皮质上的一种印象的再现。

是的，我梦到的常常是农村的集市景象：在小镇的长街上，有很多卖农具的，卖吃食的，其中偶尔有卖旧书的摊贩，或者，在杂乱放在地下的旧货中间，有几本旧书，它们对我最富有诱惑的力量。

这是因为，在童年时代，常常在集市或庙会上，去光顾这些出售小书的摊贩。他们出卖各种石印的小说、唱本。有时，在戏台附近，还会遇到陈列在地下的，可以白白拿走的，宣传耶稣教义的各种圣徒的小传。

在保定上学的时候，天华市场有两家小书铺，出卖一些新书。在大街上，有一种当时叫作"一折八扣"的廉价书，那是新旧内容的书都有的，印刷当然很劣。

有一回，在紫河套的地摊上，买到一部姚鼐编的《古文辞类纂》，是商务印书馆的铅印大字本，花了一圆大洋。这在我是破天荒的慷慨之举，又买了二尺花布，拿到一家裱画铺去做了一个书套。但保定大街上，就有商务印书馆的分馆，到里面买一部这种新书，所费也不过如此，才知道上了当。

后来又在紫河套买了一本大字的夏曾佑撰写的《中国历史教科书》（就是后来的《中国古代史》），也是商务排印的大字本，共两册。

最后一次逛紫河套，是一九五二年。我路过保定，远千里同志陪我到"马号"吃了一顿童年时爱吃的小馆，又看了"列国"古迹，然后到紫河套。在一家收旧纸的店铺里，远买了一部石印的《李太白集》。这部书，在远去世后，我在他的夫人于雁军同志那里还看见过。

中学毕业以后，我在北平流浪着。后来，在北平市政府当了一名书记。这个书记，是当时公务人员中最低的职位，专事抄写，是一种雇员，随时可以解职的，每月有二十元薪金。在那里，我第一次见到了旧官场、旧衙门的景象。那地方倒很好，后门正好对着北平图书馆。我正在青年，富于幻想，很不习惯这种职业。我常常到图书馆去看书。到北新桥、西单商场、西四牌楼、宣武门外去逛旧书摊。那时买书，是节衣缩食，所购完全是革命的书。我记得买过六期《文学月报》，五期《北斗》杂志，还有其他一些革命文艺期刊，如《奔流》《萌芽》《拓荒者》《世界文化》等。有时就带上这些刊物去"上衙门"。我住在石驸马大街附近，东太平街天仙庵公寓。那里的一位老工友，见我出门，就如此恭维。好在科里都是一些混饭吃、不读书的人，也没人过问。

我们办公的地方，是在一个小偏院的西房。这个屋子里最高的职位，是一名办事员，姓贺。他的办公桌摆在靠窗的地方，而且也只有他的桌子上有块玻璃板。他的对面也是一位办事员，姓李，好像和市长有些瓜葛，人比较文雅。家就住在府右街，他结婚的时候，我随礼去过。

我的办公桌放在西墙的角落里，其实那只是一张破旧的板桌，根本不是办公用的，桌子上也没有任何文具，只堆放着一些杂物。桌子两旁，放了两条破板凳，我对面坐着一位姓方的青年，是破落户子弟。他写得一手好字，只是染上了严重的嗜好。整天坐在那里打盹，睡醒了就和我开句玩笑。

那位贺办事员，好像是南方人，一上班嘴里的话是不断的，他装出领袖群伦的模样，对谁也不冷淡。他见我好看小说，就说他认识张恨水的内弟。

很久我没有事干，也没人分配给我工作。同屋有位姓石的山东人，为人诚实，他告诉我，这种情况并不好，等科长来考勤，对我很不利。他比较老于官场，他说，这是因为朝中无人的缘故。我那时不知此中的利害，还是把书本摆在那里看。

我们这个科是管市民建筑的。市民要修房建房，必须请这里的技术员，去丈量地基，绘制蓝图，看有没有侵占房基线，然后在窗口那里领照。

我们科的一位股长，是一个胖子，穿着蓝绸长衫，和下僚谈话的时候，老是把一只手托在长衫的前襟下面，做撩袍端带的姿态。他当然不会和我说话的。

有一次,我写了一个请假条寄给他。我虽然看过《酬世大观》,在中学也读过陈子展的《应用文》,高中时的国文老师,还常常把他替要人们拟的公文,发给我们当作教材。但我终于在应用时把"等因奉此"的程式用错了。听姓石的说,股长曾拿到我们屋里,朗诵取笑。股长有一个干儿,并不在我们屋里上班,却常常到我们屋里瞎串。这是一个典型的京华恶少,政界小人。他也好把一只手托在长衫下面,不过他的长衫,不是绸的,而是蓝布,并且旧了。有一天,他又拿那件事开我的玩笑,激怒了我,我当场把他痛骂一顿,他就满脸赔笑地走了。

当时我血气方刚,正是一语不合拔剑而起的时候,更何况初入社会,就到了这样一处地方,满腹怨气,无处发作,就对他来了。

我是由志成中学的体育教师介绍到那里工作的。他是当时北方的体育明星,娶了一位宦门小姐。他的外兄是工务局的局长。所以说,我官职虽小,来头还算可以。不到一年,这位局长下台,再加上其他原因,我也就"另候任用"了。

我被免职以后,同事们照例是在东来顺吃一次火锅,然后到娱乐场所玩玩。和我一同免职的,还有一位家在北平附近的人,脸上有些麻子,忘记了他的姓。他是做外勤的,他的为人和他的破旧自行车上的装备，给人一种商人小贩的印象，失业对他是沉重的打击。走在街上，他悄悄地对我说：

"孙兄，你是公子哥儿吧，怎么你一点也不在乎呀！"

我没有回答。我想说：我的精神支柱是书本，他当然是不能领会的。其实，精神支柱也不可靠，我所以不在意，是因为这个职位，实在不值得留恋。另外，我只身一人，这里没有家口，实在不行，我还可以回老家喝粥去。

和同事们告别以后，我又一个人去逛西单商场的书摊。渴望已久的，鲁迅先生翻译的《死魂灵》一书，已经陈列在那里了，用同事们带来的最后一次薪金，购置了这本名著，高高兴兴回到公寓去了。

第二天清晨，挟着这本书，出西直门，路经海淀，到离北平有五六十里路的黑龙潭，去看望在那里山村小学教书的一个朋友。他是我的同乡，又是中学同学。这人为人热情，对于比他年纪小的同乡同学，情谊很深。到他那里，正是深秋时节，黄叶飘落，潭水清冷，我不断想起曹雪芹在这一带著书的情景。住了两天，我又回到了北平。

我在朝阳大学同学处住几天，又到中国大学同学处住几天。后来，感到肚子有些饿，就写了一首诗，投寄《大公报》的《小公园》副刊。内容是：我要离开这个大城市，回到农村去了，因为我看到：在这里，是一部分人正在输血给另一部分人！

诗被采用，给了五角钱。

整理了一下，在北平一年所得的新书旧书，不过一柳条箱，就回到农村，去教小学了。

我的书籍，一损失于抗日战争之时，已在别一篇文章中略记，一损失于土地改革之时。

我的家庭成分是富农。按照当时党的政策，凡是有人在外参加革命，在政治上稍有照顾。关于书，是属于经济，还是属于政治，这是不好分的。贫农团以为书是钱买来的，这当然是属于财产，他们就先后拿去了。其实也不看。当时，我们那里的农民，已普遍从八路军那里学会裁纸卷烟。在乡下，纸张较之布片还难得，他们是拿去卷烟了

这时，我在饶阳县一个小区参加土改工作。大概是冀中区党委所在之地吧，发了一个通知，要各村贫农团，把斗争果实中的书籍，全部上缴小区，由专人负责清查保存。大概因为我是知识分子吧，我们的小区区长，把这个责任交给了我。

书籍也并不太多，堆在一间屋子的地下，而且多是一些古旧破书，可以用来卷烟的已经不多。我因家庭成分不好，又由于"客里空"问题，正在《冀中导报》受到公开批判，谨小慎微，对这些书籍，丝毫不敢染指，全部上缴县委了。

我的受批判，是因为那一篇《新安游记》。是个黄昏，我从端村到新安城墙附近绕了绕，那里地势很洼，有些雾气，我把大街的方向弄错了。回去仓促写了一篇抗日英雄故事，在《冀中导报》发表了。土改时被作为"客里空"典型。

　　在家乡工作期间，已经没有购买书籍的机会，携带也不方便。如果能遇到书本的话，只是用打游击的方式，走到哪里，就看到哪里。

　　但也有时得到书。我在蠡县工作时，有一次在县城大集上，从一个地摊上，买到一本商务印书馆出版的，铅印精装的《西厢记》。我带着看了一程子，后来送给蠡县一位书记了。

　　《冀中导报》在饶阳大张岗设立了一处造纸厂。他们收买一些旧书，用牲口拉的大碾，轧成纸浆。有一间棚子，堆放着旧书。我那时常到这家纸厂吃住。从棚子里，我捡到一本石印的《王圣教》和一本石印的《书谱》。

　　在河间工作的时候，每逢集日，在一处小树林里，有推着小车贩卖烂纸书本的。有一次，我从车上买到一部初版的《孽海花》。一直保存着，进城后，送给一位新婚燕尔、出国当参赞的同志了。

一九七九年四月

戏的梦

　　大概是一九七二年春天吧,我"解放"已经很久了,但处境还很困难,心情也十分抑郁。于是决心向领导打一报告,要求回故乡"体验生活,准备写作"。幸蒙允准。一担行囊,回到久别的故乡,寄食在一个堂侄家里。乡亲们庆幸我经过这么大的"运动",安然生还,亲戚间也携篮提壶来问。最初一些日子,心里得到不少安慰。

　　这次回老家,实际上是像鲁迅说的,有一种动物,受了伤,并不嚎叫,挣扎着回到林子里,倒下来,慢慢自己去舔那伤口，求得痊愈和平复。

老家并没有什么亲人，只有叔父，也八十多岁了。又因为青年时就远离乡土，村子里四十岁以下的人，对我都视若陌生。

这个小村庄，以林木著称，四周大道两旁，都是钻天杨，已长成材。此外是大片大片柳杆子地，以经营农具和编织副业。靠近村边，还有一些果木园。

侄子喂着两只山羊，需要青草。烧柴也缺。我每天背上一个柳条大筐，在道旁砍些青草，或是拣些柴棒。有时到滹沱河的大堤上去望望，有时到附近村庄的亲戚家走走。

又听到了那些小鸟叫；又听到了那些草虫叫；又在柳林里拣到了鸡腿蘑菇；又看到了那些黄色紫色的野花。

一天中午，我从野外回来，侄子告诉我，镇上传来天津电话，要我赶紧回去，电话听不清，说是为了什么剧本的事。

侄子很紧张，他不知大伯又出了什么事。我一听是剧本的事，心里就安定下来，对他说：

"安心吃饭吧，不会有什么变故。剧本，我又没发表过剧本，不会再受批判的。"

"打个电话去问问吗？"侄子问。

"不必了。"我说。

隔了一天，我正送亲戚出来，街上开来一辆吉普车，迎面停住了。车上跳下一个人，是我的组长。他说，来接我回天津，参加创作一个京剧剧本。各地都有"样板戏"了，天津领导也很着急。京剧团原有一个写抗日时期白洋淀的剧本，上不去。因我写过白洋淀，有人推荐了我。

组长在谈话的时候，流露着一种神色，好像是为我庆幸：领导终于想起你来了。老实讲，我没有注意去听这些。剧本上不去找我，我能叫它上去？我能叫它成了样板戏？

但这是命令，按目前形势，它带有半强制的性质。第二天我们就回天津了。

回到机关，当天政工组就通知我，下午市里有首长要来，你不要出门。这一通知，不到半天，向我传达三次。我只好在办公室呆呆坐着。首长没有来。

第二天，工作人员普遍检查身体。内、外科，脑系科，耳鼻喉科，楼上楼下，很费时间。我正在检查内科的时候，组里来人说：市文教组负责同志来了，在办公室等你。我去检查外科，又来说一次，我说还没检查牙。他说快点吧，不能叫负责同志久等。我说，快慢在医生那里，我不能不排队呀。

医生对我的牙齿很夸奖了一番，虽然有一颗已经叫虫子吃断了。医生向旁边几个等着检查的人说：

"你看，这么大的年岁，牙齿还这样整齐，卫生工作一定做得好。运动期间，受冲击也不太大吧？"

"唔。"我不知道牙齿整齐不整齐，和受冲击大小，有何关联，难道都要打落两颗门牙，才称得上脱胎换骨吗？我正惦着楼上有负责同志，另外，嘴在张着，也说不清楚。

回到办公室，组长已经很着急了。我一看，来人有四五位。其中有一个熟人老王，向一位正在翻阅报纸的年轻人那里努努嘴。暗示那就是负责同志。

他们来，也是告诉我参加剧本创作的事。我说，知道了。

过了两天，市里的女文教书记，真的要找我谈话了，只是改了地点，叫我到市委机关去。这当然是隆重大典，我们的主任不放心，亲自陪我去。

在一间不大不小的会议室里，我坐了下来。先进来一位穿军装的，不久女书记进来了。我和她在延安做过邻居，过去很熟，现在地位如此悬殊，我既不便放肆，也不便巴结。她好像也有点矛盾，架子拿得太大，固然不好意思，如果一点架子也不拿，则对于旁观者，起码有失威信。

总之，谈话很简单，希望我帮忙搞搞这个剧本。我说，我没有写过剧本。

"那些样板戏,都看了吗?"她问。

"唔。"我回答。其实,罪该万死,虽然在这些年,样板戏以独霸华夏的势焰,充斥在文、音、美、剧各个方面,直到目前,我还没有正式看过一出、一次。因为我已经有十几年不到剧场去了,我有一个收音机,也常常不开。这些年,我特别节电。

一天晚上,去看那个剧本的试演。见到几位老熟人,也没有谈什么,就进了剧场。剧场灯光暗淡,有人扶持了我。

这是一本写白洋淀抗日斗争的京剧。过去,我是很爱好京剧的,在北京当小职员时,经常节衣缩食,去听富连成小班。有些年,也很喜欢唱。

今晚的印象是:两个多小时,在舞台上,我既没有能见到白洋淀当年抗日的情景,也没有听到我所熟悉的京戏。

这是"京剧革命"的产物。它追求的,好像不是真实地再现历史,也不是忠实地继承京剧的传统,包括唱腔和音乐。它所追求的,是要和样板戏"形似",即模仿"样板"。它的表现特点为:追求电影场面,采取电影手法,追求大的、五光十色的、大轰大闹、大哭大叫的群众场面。它变单纯的音乐为交响乐队,瓦釜雷鸣。它的唱腔,高亢而凄厉,冗长而无味,缺乏真正的感情。演员完全变成了政治口号的传声筒,因此,主角完全是被动的,矫揉造作的,是非常吃力,也非常痛苦的。

繁重的唱段，连续的武打，使主角声嘶力竭，假如不是青年，她会不终曲而当场晕倒。

戏剧演完，我记不住整个故事的情节，因为它的情节非常支离；也唤不起我有关抗日战争的回忆，因为它所写的抗日战争，完全不是那么回事，甚至可以说是不着边际。整个戏锣鼓喧天，枪炮齐鸣，人出人进，乱乱轰轰。不知其何以开始，也不知其何以告终。

第二天，在中国大戏院休息室，开座谈会，我准备了一个发言提纲。参加会的人很不少，除去原有创作组，主要演员，剧团负责人，还有文化局负责人，文化口军管负责人。《天津日报》还派去了一位记者。

我坐在那里，斟酌我的发言提纲。忽然，坐在我旁边的文化局负责人，推了我一下。我抬头一看，女书记进来了，全场的人都站了起来，我也跟着站了起来。女书记在我身边坐下，会议开始。

在会上，我谈了对这个戏的印象，说得很缓和，也很真诚。并谈了对修改的意见，详细说明当时冀中区和白洋淀一带，抗日战争的形势，人民斗争的特点，以及敌人对这一地区残酷"扫荡"的情况。

大概是因为我讲的时间长了一些，别的人没有再讲什么，女书记作了一些指示，就散会了。

后来我才知道，昨天没有人讲话，并不是同意了我的意见。在以后只有创作组人员参加的讨论会上，旧有成员，开始提出了反对意见，并使我感到，这些反对意见，并不纯粹属于创作方面，而是暗示：一、他们为这个剧本，已经付出了很长的时间和很大的精力，如果按照我的主张，他们的剧本就要从根本上推翻。二、不要夺取他们创作样板戏可能得到的功劳。三、我是刚刚受过批判的人物，能算老几。

我从事文艺工作，已经有几十年。所谓名誉，所谓出风头，也算够了。这些年，所遭凌辱，正好与它们抵消。至于把我拉来写唱本，我也认为是修废利旧，并不感到委屈。因此，我对这些富于暗示性的意见，并不感到伤心，也不感到气愤。它使我明白了文艺创作的现状。使我奇怪的是，这个创作组，曾不止一次到白洋淀一带，体验生活，进行访问，并从那里弄来一位当年的游击队长，长期参与他们的创作活动。为什么如此无视抗日战争的历史和现实呢？这位游击队长，战斗英雄，为什么也尸位素餐，不把当年的历史情况和自己的亲身经历，告诉他们呢？

后来我才明白，一些年轻人，一些"文艺革命"战士，只是一心要"革命"，一心创造样板，已经迷了心窍，是任何意见也听不进去的。

不知为了什么,军管人员在会上支持我的工作,因此,剧本讨论仍在进行。

这就是目前大为风行的集体创作:每天大家坐在一处开会,今天你提一个方案,明天他提一个方案,互相抵消,一事无成。积年累月,写不出什么东西,就不足为怪了。

夏季的时候,我们到白洋淀去。整个剧团也去,演出现在的剧本。

我们先到新安,后到王家寨,这是淀边上一个比较大的村庄。住在村南头(也许不准确,因为我到了白洋淀,总是转向,过去就发生过方向错误。)一间新盖的,随时可以放眼水淀的,非常干净的小房里。

房东是个老实的庄稼人。他的爱人,比他年轻好多,非常精明。他家有几个女儿,都长得秀丽,又都是编席快手,一家人生活很好。但是,大姑娘已经年近三十,还没有订婚,原因是母亲不愿失去她这一双织席赚钱的巧手。大姑娘终日默默不语。她的处境,我想会慢慢影响下面那几个逐年长大的妹妹。母亲固然精明,这个决策,未免残酷了一点。

在这个村庄,我还认识了一位姓魏的干部。他是专门被派来招呼剧团的,在这一带是有名的"瞎架"。起先,我不知道这个词儿,后来才体会到,就是好摊事管事的人。凡是大些的村庄,要见世面,总离不开这种人。因为村子里的猪只到处跑,苍蝇到处飞,我很快就拉起痢来,他对我照顾得很周到。

住了一程子,我们又到了郭里口。这是淀里边的一个村庄,当时在生产上,好像很有点名气,经常有人参观。

在大队部,村干部为我们举行了招待会,主持会的是村支部宣传委员刘双库。这个小伙子,听说在新华书店工作过几年,很有口才,还有些派头。

当介绍到我,我说要向他学习时,他大声说:"我们现在写的白洋淀,都是从你的书上抄来的。"使我大吃一惊。后来一想,他的话恐怕有所指吧。

当天下午,我们坐船去参观了他们的"围堤造田"。现在,白洋淀的水,已经很浅了,湖面越来越小。芦苇的面积,也有很大缩减,荷花淀的规模,也大不如从前了。正是荷花开放的季节,我们的船从荷丛中穿过去。淀里的水,不像过去那样清澈,水草依然在水里浮荡,水禽不多,鱼也很少了。

确是用大堤围起了一片农场。据说,原是同口陈调元家的苇荡。

实际上是苇荡遭到了破坏。粮食的收成,不一定抵得上苇的收成，围堤造田，不过是个新鲜名词。所费劳力很大，肯定是得不偿失的。

随后，又组织了访问。因为剧本是女主角，所以访问了抗日战争时期的几位妇救会员，其中一位名叫曹真。她已经四十多岁了。她的穿着打扮，还是三十年代式：白夏布短衫，长发用一只卡子束拢，搭在背后。抗日时，她是一位十八九岁的姑娘，在芦苇淀中的救护船上，她曾多次用嘴哺养那些伤员。她的相貌，现在看来，也可以说是冀中平原的漂亮人物，当年可想而知。

她在二十岁时，和一个区干部订婚，家里常常掩护抗日人员。就在这年冬季，敌人抓住了她的丈夫，在冰封的白洋淀上，砍去了他的头颅。她，哭喊着跑去，收回丈夫的尸首掩埋了。她还是做抗日工作。

全国胜利以后，她进入中年，才和这村的一个人结了婚。她和我谈过往事，又说：胜利以后，村里的宗派斗争，一直很厉害，前些年，有二十六名老党员，被开除党籍，包括她在内。现在，她最关心的，是什么时候才能解决她们的组织问题。她知道，我是无能为力的，她是知道这些年来老干部的处境的。但是，她愿意和我谈谈，因为她知道我曾经是抗日战士，并写过这一带的抗日妇女。

在她面前，我深感惭愧。自从我写过几篇关于白洋淀的文章，各地读者都以为我是白洋淀人，其实不是，我的家离这里还很远。

另外，很多读者，都希望我再写一些那样的小说。读者同志们，我向你们抱歉，我实在写不出那样的小说来了。这是为什么？我自己也说不出。我只能说句良心话，我没有了当年写作那些小说时的感情，我不愿用虚假的感情，去欺骗读者。那样，我就对不起坐在对面的曹真同志。她和她的亲人，在抗日战争时期，是流过真正的血和泪的。

这些年来，我见到和听到的，亲身体验到的，甚至刻骨镂心的，是另一种现实，另一种生活。它与抗日战争时期的现实生活，大不一样，甚至相反。抗日战争，是中国共产党领导的一种神圣的战争。人民作出了重大的牺牲。他们的思想、行动升到无比崇高的境界。生活中极其细致的部分，也充满了可歌可泣的高尚情操。

这些年来，林彪等人，这些政治骗子，把我们的党，我们的国家，我们的干部和人民，践踏成了什么样子！他们的所作所为，反映到我脑子里，是虚伪和罪恶。这种东西太多了，它们排挤、压抑，直至销毁我头脑中固有的，真善美的思想和感情。这就像风沙摧毁了花树，粪便污染了河流，鹰枭吞噬了飞鸟。善良的人们，不要再责怪花儿不开、鸟儿不叫吧！它受的伤太重了,它要休养生息,它要重新思考,它要观察气候,它要审视周围。

我重游白洋淀,当然想到了抗日战争。但是这一战争,在我心里好像是很久很久以前的事了。它好像是在前一生经历的,也好像是在昨夜梦中经历的。许多兄弟,在战争中死去了,他们或者要渐渐被人遗忘。另有一部分兄弟,是在前几年含恨死去的,他们临死之前,一定也想到过抗日战争。

世事的变化,常常是出于人们意料之外的。每个时代,有每个时代的血和泪。

坐在我面前的女战士,她的鬓发已经白了,她的脸上,有很深的皱纹,她的心灵之上,有很重的创伤。

假如我把这些感受写成小说,那将是另一种面貌,另一种风格。我不愿意改变我原来的风格,因此,我暂时决定不写小说。

但是现在,我身不由主,我不得不参加这个京剧脚本的讨论。我们回到天津,又讨论了很久,还是没有结果。我想出一个金蝉脱壳之计:自己写一个简单脚本,交上去,声明此外已无能为力。

我对京剧是外行,又从不礼拜甚至从不理睬那企图支配整个民族文化的"样板戏",剧团当然一字一句也没有采用我的剧本。

一九七九年五月二十五日

新年悬旧照

我在年轻的时候,也是很爱照相的。中学读书时,同学同乡,每年送往迎来,总是要摄影留念。都是到照相馆去照,郑重其事,题字保存。

抗日战争时期,日本人一到村庄,对于学生,特别注意。凡是留有学生头,穿西式裤的人,见到就杀。于是保留了学生形象的相片,也就成了危险品。我参加了抗日,保存在家里的照片,我的妻,就都放进灶火膛里把它烧了。

我岳父家有一张我的照片,因为岳父去世,家里都是妇孺,没人知道外面的事,没有从墙上摘下来。叫日本鬼子看到,非要找相片上的人不可;家里找不到,在街上遇到一个和我容貌相仿的青年,不分青红皂白,打了个半死,经村里人左说右说,才算保住了一条性命。

这是抗战胜利以后,我刚刚到家,妻对我讲的一段使人惊心动魄的故事。她说:"你在外头,我们想你。自从出了这件事,我就不敢想了。反正在家里不能呆,不管到哪里去飞吧!"

一九八一年编辑文集,苦于没有早期的照片,李湘洲同志提供了他在一九四六年给我照的一张。当时,我从延安回到冀中,在蠡县下乡体验生活,是在蠡县县委机关院里照的。我戴的毡帽系延安发给。棉袄则是到家以后,妻为我赶制的。当时经过八年战争,家中又无劳力,家用已经很是匮乏,这件棉袄,是她用我当小学教员时所穿的一件大夹袄改制而成。里面的衬衣,则是我路过张家口时,邓康同志从小市上给我买的。时值严冬,我穿上这件新做的棉衣,觉得很暖和,和家人也算是团聚一起了。

晚年见此照相,心里有很多感触,就像在冬季见到了春草春花一样。这并非草木可贵,而是时不再来。妻亡故已有十年,今观此照,还隐约可以看见她的针线,她在深夜小油灯下，为我缝制冬装的辛劳情景。这不能不使我回忆起入侵敌寇的残暴，以及我们这一代人所度过的艰难岁月。

一九八一年十二月

关于小说《蒿儿梁》的通信

繁峙县地方志编纂委员会：

你们在八月三十日写给我的一封信，收到了。直到今日才能给你们复信，请原谅。收到这封信后，使我深深地陷入年月久远的回忆中，有很多感想，一时整理不出一个头绪，因此动笔倒迟了。

一九四三年秋季，我从《晋察冀日报》（我在那里编副刊）调到了华北联合大学教育学院的高中班去教国文。这次调动，可能是李常青同志提议的，他那时任教育学院的院长。他曾在晋察冀北方分局宣传部负责,我自一九三九年到达边区以后,一直在他的领导下工作。

到了高中班以后,本来那里的教员们有一个宿舍大院,但我一向孤僻,我自己在村北边找了一个人家住下。别的记不得了,只记得在屋中间搭了一扇门板,作为床铺,每天清早,到村边小河去洗脸漱口,那时已是晚秋,天气很凉了。当小河结了一层薄冰的时候,开始了反扫荡。所谓反扫荡,就是日寇进攻边区,实行扫荡,我们与之战斗周旋,这种行动,总是在冬季进行。

行军之前,我领到一身蓝布棉衣。随即爬山越岭,向繁峙县境转移。我们原住的村庄,属于阜平。

不知走了多少天(那时转移,是左转右转,并非直线前行),在深山里的一个小村庄,我们停下来。我的头发很长了,有一个人借了老乡一把剪刀,给我剪了剪。我就发起烧来,脖颈和脊背的上部,起了很多水痘。我主观认为这是因为剪刀不净引起的,当然也可能是其他原因引起的,而且很可能就是天花。我有一个学生,名叫王鑫郎,他是全班长得最漂亮的,他在反扫荡中就得了天花,等到反扫荡结束,再见到他时,我简直不认得他了。我因为幼年接引过牛痘,可能发病轻微罢了。

当时领队的是傅大琳同志,他是物理教员,曾经是南开大学的助教。他见我病了,就派了一位康医生,一位刘护士,还有一位姓赵的学生,陪我到一个隐蔽而安全的地方去养病。说实在的,在我一生之中,病了以后得到如此隆重的照顾,还是第一次。不过,这也是因时制宜的一种办法。在战争紧急之时,想尽一切办法,把人员分散开来,化整为零,以利行军。

我们就到了蒿儿梁。所以说,你们信上说"养伤",是不对的,应该说是"养病",因为我并非一个荷枪实弹的战士,并非在与敌人交火时,光荣负伤。有必要说明一下,以正视听。

初到蒿儿梁,战争的风声正紧,这个兀立在高山顶上的小村庄,可能还没有驻过队伍。又因为我们这支小小的队伍,一是服装不整齐,二是没有武器,三是男女混杂,四是可能还没有地方领导机关的介绍信,在向村干部去要粮食的时候,遇到了不顺利。我听说了以后,亲自到村干部那里去了一次。我那时身上带了一支左轮小手枪。这支小枪,有一个皮套,像女人的软底鞋似的。这是我初到路西时,刘炳彦同志送给我的。我系在腰里,只是充样子,一枪也没有放过。直到一九四四年,我到了延安,邓德滋同志要随军南下,我又送给了他,这是后话。

可能是这支小枪起了点作用,我们弄到了一点莜麦面。也可能是我当时因又饥又乏又有病,表现的急躁情绪,起了作用。当然,很快我们就和村干部熟识了,亲密得像一家人了。

我们三个男的，就住在郭四同志家的一间小西房里，护士和妇救会主任住在一起。这间屋子，我所以记得是西房，因为每天早晨，阳光射在我身旁的纸窗上，就会给正在病中的我无限安慰和希望。屋子有一方丈大，土炕占去三分之二，锅台又占去余下的三分之二，地下能活动的地方就很有限了。我经常坐在炕上，守着一个山西特有的白泥火盆。火盆里装满莜麦秸火灰，上面一层是白色的，用火筷一拨，下面就是火，像红杏一样的颜色，很能引起人的幻想。我把一个山药蛋按进灰里，山药蛋噗噗地响着，不一会儿就熟了，吃起来香得很。

所谓医生，所谓护士，都是受几个月训练速成的，谈不上什么医术医道。我们只有一把剪刀，一把镊子，一瓶红药水。每天，护士在饭锅里，把剪刀镊子煮煮，把水痘的化脓处清理清理，然后用棉花蘸着红药水，在伤处擦一擦。这种疗法显然不太得当，所以直到现在留下的伤疤，都很大，像一个个的铜钱。

我还写过一篇小说叫《看护》，也是记这段生活的。

康医生，有二十多岁，人很精明，医术虽然差些，但在经营粮草方面，很有办法，我们在那里，不记得有挨饿的时候。后来他和我一同到了延安，同在一个学校，他还是医生。我记得他为我洗过一次肠，还有一次，我在延河洗澡，伤了脚掌,他替我敷过一次药。现在不知他到哪里去了。

关于蒿儿梁的印象,都已经写在文章里,现在回记不起更多的东西了。但那是小说,不能太认真。其中的人物,自然有当时当地人物的影子,但更多的是我的设想,或者说是我的"创造"。

但我听说郭四同志还能记起这件事,我是非常感动的,不只感谢他一家人当时对我们的照料,也为他仍然健在,记忆力很强而高兴。他年纪也很大了吧?请转达我对他一家人的深切的怀念之情。

在那样一个寒冷的地方,我安全而舒适地度过了一个难忘的冬季。我们可以想想,我的家是河北省安平县,如果不是抗日战争的推使,我能有机会到了贵县的蒿儿梁?我是怎样走到那里去的呢,身染重病,发着高烧,穿着一身不称体的薄薄的棉衣,手里拄着一根六道木拐棍,背着一个空荡荡的用旧衣服缝成的所谓书包,书包上挂着一个破白铁饭碗。这种形象,放在今天,简直是叫花子之不如,随便走到哪里,能为人所收容吗?但在那时,蒿儿梁收容了我,郭四一家人用暖房热炕收容了我。而经过漫长的几经变化的岁月,还记得我,这不值得感激吗?

这是在艰难的日子里,才能发生的事,才能铸成的感情。

我们在那里,住了两三个月,过了阳历年,又过了阴历年，才奉命返校。去的时候，我们好像是走的西道，回来的时候，是从东边一条小道下山，整整走了一天，才到山根下，可以想象蒿儿梁是有多么高。天快黑了，我看到了村庄庙宇，看到了平地，心里一高兴，往前一跑。其实是一条小河，上面结着冰，盖着一层雪，一下滑倒，晕了过去，身后的人，才把我抬进成果庵。这一段生活，我好像也写进了小说。

一九四八年冬季，我们集中在胜芳，等候打下天津。我住在临河的一间房子里。夜里没有事，我写了《蒿儿梁》这篇小说，作为我对高山峻岭上的这个小小的村庄，生活在那里的人们的回忆。

是的，时间已经过去四十年了。当时在一起的同志们，各奔一方，消息全无，命运难测。我也很衰老了。人生的变化多大啊，万事又多么出乎意料？能不变的，能不褪色的，就只有战争年代结下的友情，以及关于它的回忆了。

现在是夜里三点钟。窗外的风，吹扫着落叶，又在报告着冬天即将到来。蒿儿梁上，已经很冷了吧？

祝

他们幸福！

孙犁

一九八二年九月二十日

附：

繁峙县地方志编纂委员会致孙犁信

孙犁同志：

您好。

据我县蒿儿梁郭四同志回忆，您曾于一九四三年在他家养过伤，并在走时赠他家一幅字——"模范家庭"，此后，您并写过一篇小说《蒿儿梁》（或是报道），后由马墨农同志编绘连环画出版发行。

现在，我们县也和全国各地一样，正在编写新的县志，需要了解这方面的情况，故给您去信，望您能提供如下情况：

1. 您在蒿儿梁养伤的具体时间，前后经过，及离开时间。

2. 关于您写作《蒿儿梁》一文的经过，是否以郭四及其妻子（当时的妇女主任）为模特儿？

3. 您所知道的当时蒿儿梁的其他情况。

如您精力、时间允许，请写一篇回忆录寄给我们，如不允许，请为我们提供以上材料。您认为我们这样冒昧地要求您，当否？望函告我们。

切候惠书！

顺祝

撰安！

山西省繁峙县县志编委会
一九八二年八月三十日

新居琐记

锁 门

过去,我几乎没有锁门的习惯。年幼时在家里,总是母亲锁门,放学回来,见门锁着进不去,在门外多玩一会就是了,也不会着急。以后在外求学,用不着锁门;住公寓,自有人代锁。再后,游击山水之间,行踪无定,抬屁股一走了事,从也没有想过,哪里是自己的家门,当然更不会想到上锁。

进城以后,我也很少锁门;顶多在晚上把门插上就是了。

去年搬入单元房,锁门成了热话题。朋友们都说:

"千万不能大意呀,要买保险锁,进出都要碰上呀!"

劝告不能不听,但习惯一下改不掉。有一次,送客人,把门碰上了,钥匙却忘在屋里。这还不要紧,厨房里正在蒸着米饭,已有二十分钟之久,再过二十分就有饭糊、锅漏、并引起火灾的危险,但无孔可入。门外彷徨,束手无策,越想越怕,一身大汗。

后来,一下想起儿子那里还有一副钥匙,求人骑车去要了来。万幸,儿子没有外出,不然,必会有一场大难。

"把钥匙装在口袋里!"朋友们又告诫说。

好,装在裤子口袋里。有一天起床,钥匙滑出来,落在床上,没有看见,就碰上门出去了。回来一摸口袋,才又傻了眼。好在这回,屋里没有点着火,不像上次那么着急,再求人去找找儿子就是了。

"用绳子把钥匙系在腰带上!"朋友们又说。

从此,我的腰带上,就系上了一串钥匙,像传说中的齐白石一样。

每一看到我腰里拖下来的这条绳子,我就哭笑不得。我为此,着了两次大急,现在又弄成这般状态,究竟是为了什么。是因为我有了一所房子,有了自己的家门。我的家里,到底有什么宝贵的东西,值得如此戒备森严呢?不就是那些破旧衣服,破旧家具,破旧书画吗?这些东西,也并不是新近置买,不是多年就有了吗?"环境不同了,时代不同了。"朋友们说。我觉得是自己和过去不同了,心理上有些变化了。

我已经停止了云游的生活,我已经失去了四大皆空的皈依,我已经返回人间世俗。总之,一把锁把我的心紧紧锁起,使它同以往的大自然,大自由,大自在,都断绝了关系。

我曾经打断身上的桎梏,现在又给自己系上了绳索。

我曾经从这里出走,现在又回到这里来了。

民 工

搬到新住宅里,常常遇到所谓民工。他们成群结队,或是三三两两,在我住的楼下走过。其中有不少乡音,他们多是来自河北省。他们有的是建筑业,盖高楼大厦;也有的做临时小工。在旧社会,农民是很少进城市的;他们不是不想进城,是进城找不到活干。只能死守在家里,而家里又没有地种。因此,酿成种种悲剧。这是我在农村时,经常见到的。

现在城市,各行各业,都愿意用民工:听话,态度好,昼夜苦干。听说,每年挣钱不少,不少人在家里,盖了新房,娶了媳妇。

农民的活路有了,多了,我心里很高兴。

但我很少和他们交谈。因为我老了。另外,现在的农民,也不会听到乡音,就停下来,和你打招呼,表示亲近,他们已经见过大世面了。

我不常下楼,在楼上见到的,多是那些做临时活儿的民工。

他们在楼下栽了很多树,铺了大片草地,又搭了一个藤萝架,竖了山石。树,都是名贵树种,山石也很讲究,这都要花很多钱。

正在炎夏,民工们浇水很用心,很长的胶皮水管,扯来扯去。

其中有一个民工,还带着家眷。民工,四十来岁,黑红脸膛,长得粗壮,看见生人,还有些羞怯。他爱人,长得也很结实,却大方自然,什么也不在乎的样子。小男孩有六七岁了。

最初,只是民工一个人干活,老婆不是守在他的身边,就是在附近捡些破烂,例如铁丝、塑料、废纸等物。收买这些废品的小贩,也是川流不息的,她捡到一些,随手就可以换钱,给孩子买冰棍吃。那小孩却有时帮他父亲浇浇花。

我有些旧想法,原以为这个农民,可能在村里出了什么事,呆不住才携家带口,来到城市的。有一天清晨,我在马路上遇到他们,男的背着一把铁铲走在前面,母子两人,紧跟在后,说说笑笑,上工去了。

他们睡在哪里，我不知道，夏天在这里随便就可以找到栖身之地的。中午，妇女找一片破席子，铺在马路边新栽的垂柳下面，买来几个面包，两瓶汽水，一家人吃喝休息，也是表现得很快活的。面对如流的豪华车辆，各路的人物精英，无动于衷，甚至是不屑一顾。他们是真正的自食其力者。

我想，这也是家庭，这也是天伦之乐，也不一定就比这些高楼里的住户，更多一些烦恼愁苦。

过了些日子，农妇也上班了，是拔草，提着一个破筐，把草地里的杂草拔掉，放在里面，半天也装不满一筐，这活儿是够轻松的了。

但秋天来了，我就见不到他们了，可能回家去了，也可能到别的地方干活儿去了。

装 修

早起，黄昏，我在楼群散步时，就常常联想起，当年走在深山狭谷的情景。那时中间是流水，周围是鸟语花香，一片寂静。现在是如流的汽车，放着废气，此起彼落，是电焊电钻的噪声。不禁喟然叹道：毕竟是现代化了啊！

过去住大杂院，所谓干扰，不过是邻居盖小房，做家具，小孩哭闹，都属于传统性质，是习惯了的。

我不怕自然界的声响，我认为：无论雷电轰鸣，狂风怒吼，洪水暴发，山崩地裂，都是一种天籁，一种自然景观。我唯怕恶人恶声，每听到见到，必掩耳而走，退避三舍。这次搬家，有一个原因，就在于此。现在电焊电钻的声音，还有凿洋灰地的声音，一户动工，万家震动，也令人不安。

然而这是没法躲避的。人们都在装修自己的住宅。里里外外，都要装修。家家户户，都要装修。其范围甚广，其时间不一，其爱好不同。然要现代化，如装太阳能、热水器、排风扇、电话、闭路电视，则无一项不需要焊、钻。且住户是陆续搬来，人手和材料的配备有先后，有人预计，全楼群安装妥帖，定在两年以后了。

我于是大恐。春节，有一位现代化友人来访，曾与他就此事交谈，兹录其要：

主：这房不是很好吗，这不都是公产吗，为什么还要这样折腾？

客：为的住着舒适阔气啊。现在分什么公私，公也是私，私也是公。

主：过去，有很多同志，放弃瓦舍千间，奔走革命，露宿荒野,住的是泥房、草屋、山洞、地洞。现在年近就木,又何必在这低矮狭窄的小天地里,费如此大的心思呢?

客:人各有志,志有多变。不能强求。且系新潮,势难阻挡。

主:为什么在盖房时,不预先把这些东西安装好?

客:这是国情。即使都安装好,他还是要鼓捣。现代化是不断更新,无止无休的呀!

主:这里住的不都是老年人吗?如果有人患心脏病,这种声音,他受得了吗?

客:老年人在这里,究竟还是少数,子女们多。至于患病的,那就更是个别的了。不会有人去注意。

我们的谈话,实际是不得要领。但客人说的"新潮"二字,最有启发性。新潮的到来,绝不是空谷穴风,总是有它到来的道理的。潮,总是以相反的形式,互相替代的。

明白人总是顺应新潮。弄潮儿之可贵,就在于此。苏子曰:

夫时有可否,物有废兴。方其所安,虽暴君不能废;及其既厌,虽圣人不能复。故风俗之变,法制随之。譬如江河之徙移,强而复之,则难为力。

反复斯言,我当有所醒悟了。

一九九〇年二月五日—七日

第 2 辑

远的怀念

远的怀念

一九三八年春天,我在本县参加抗日工作,认识了人民自卫军政治部的宣传科长林扬。他是"七七"事变后,刚刚从北平监狱里出来,就参加了抗日武装部队的。他很弱,面色很不好,对人很和蔼。他介绍我去找路一,说路正在组织一个编辑室,需要我这样的人。路住在候町村,初见面,给我的印象太严肃了:他坐在一张太师椅上,冬天的军装外面,套了一件那时乡下人很少见到的风雨衣,腰系皮带,斜佩一把大盒子枪,加上他那黑而峻厉的面孔,颇使我望而生畏。我清楚地记得,第一次和诗人远千里见面,是在他那里,由他介绍的。

远高个子,白净文雅,书生模样,这种人我是很容易接近的,当然印象很好。

第二年,我转移到山地工作。一九四一年秋季,我又跟随路从山地回到冀中。路是很热情爽快的人,我们已经很熟很要好了。

在我县郝村,又见到了远,他那时在梁斌领导的剧社工作,是文学组长,负责几种油印小刊物的编辑工作。我到冀中后,帮助编辑《冀中一日》,当地做文艺工作的同志,很多人住在郝村,在一个食堂吃饭。

这样,和远见面的机会就很多。他每天总是笑容满面的,正在和本剧团一位高个的女同志恋爱。每次我给剧团团员讲课的时候,他也总是坐在地下,使我深受感动并且很不安。

就在这个秋天,冀中军区有一次反"扫荡"。我跟随剧团到南边几个县打游击,后又回到本县。滹沱河发了水,决定暂时疏散,我留本村。远要到赵庄,我给他介绍了一个亲戚做堡垒户,他把当时穿不着的一条绿色毛线裤留给了我。

一九四五年,日本投降后,我从延安回到冀中,在河间又见到了远。他那时挂着双拐,下肢已经麻痹了。精神还是那样好,谈笑风生。我们常到大堤上去散步,知道他这些年的生活变化,如不坚强,是会把他完全压倒的。"五一"大"扫荡"以后,他在地洞里坚持报纸工作,每天清晨,从地洞里出来,透透风。洞的出口在野外,他站在园田的井台上,贪馋地呼吸着寒冷新鲜的空气。看着阳光照耀的、尖顶上挂着露珠的麦苗,多么留恋大地之上啊!

我只有在地洞过一夜的亲身体验,已经觉得窒息不堪,如同活埋在坟墓里。而他是要每天钻进去工作,在萤火一般的灯光下,刻写抗日宣传品,写街头诗,一年,两年。后来,他转移到白洋淀水乡,长期在船上生活战斗,受潮湿,得了全身性的骨质增生病。最初是整个身子坏了,起不来,他很顽强,和疾病斗争,和敌人斗争,现在居然可以同我散步,虽然借助双拐,他也很高兴了。

他还告诉我:他原来的爱人,在"五一"大"扫荡"后,秋夜蹚水转移,掉在旷野一眼水井里牺牲了。

我想起远留给我的那条毛线裤,是件女衣,可能是牺牲了的女同志穿的,我过路以前扔在家里。第二年春荒,家里人拿到集上去卖,被一群汉奸女人包围,几乎是讹诈了去。

她的牺牲,使我受了启发,后来写进长篇小说的后部,作为一个人物的归结。

进城以后,远又有了新的爱人。腿也完全好了,又工作又写诗。有一个时期，他是我的上级，我私心庆幸有他这样一个领导。一九五二年，我到安国县下乡，路经保定，他住在旧培德中学的一座小楼上，热情地组织了一个报告会，叫我去讲讲。

我爱人病重，住在省医院的时候，他曾专去看望了她，惠及我的家属，使她临终之前，记下我们之间的友谊。

听到远的死耗，我正在干校的菜窖里整理白菜。这个消息，在我已经麻木的脑子里，沉重地轰击了一声。夜晚回到住处，不能入睡。

后来，我的书籍发还了，所有现代的作品，全部散失，在当作文物保管的古典书籍里，却发见了远的诗集《三唱集》。这部诗集出版前，远曾委托我帮助编选，我当时并没有认真去做。远明知道我写的字很难看，却一定要我写书面，我却兴冲冲写了。现在面对书本，既惭愧有负他的嘱托，又感激他对旧谊的重视。我把书郑重包装好，写上了几句话。

远是很聪明的，办事也很干练，多年在政治部门工作，也该有一定经验。他很乐观，绝不是忧郁病患者。对人对事，有相当的忍耐力。他的记忆力之强，曾使我吃惊，他能够背诵"五四"时代和三十年代的诗，包括李金发那样的诗。远也很爱惜自己的羽毛，但他终于被林彪、"四人帮"迫害致死。

他在童年求学时，后来在党的教育下，便为自己树立人生的理想，处世的准则，待人的道义，艺术的风格等等。循规蹈矩，孜孜不倦，取得了自己的成就。我没有见过远当面骂人，训斥人，在政治上、工作上，也看不出他有什么非分的想法，不良的作风。我不只看见他的当前，也见过他的过去。

他在青年时是一名电工，我想如果他一直爬在高高的电线杆上，也许还在愉快勤奋地操作吧。

现在，不知他魂飞何处，或在丛莽，或在云天，或徘徊冥途，或审视谛听，不会很快就随风流散，无处招唤吧。历史和事实都会证明：这是一个美好的，真诚的，善良的灵魂。他无负于国家民族，也无负于人民大众。

一九七六年十二月七日夜记

编者注：
1. 远千里诗集《三唱集》，百花文艺出版社1962年版，收一首作于1959年的《访孙犁》："读君之书似银铃，春风一拂响丁丁，宛若木兰驰骏马，爬山涉水小桃红。"
2. 巴金《随想录》写远千里："……我们在一起开会，他身体不太好，讲论不多。以后他寄给我一本他的诗集《三唱集》。十几年没有同他通信，也不知道他的近况。去年五六月在北京出席文联全会扩大会议，我也没有见到他。后来在《人民文学》九月号上读到了孙犁同志的《远的怀念》，才知道他'终于轻掷了自己的生命'。今年二月十七日，他的'平反昭雪追悼会'在石家庄举行，他的骨灰有了适当的安放地方。他'无负于国家民族，也无负于人民大众'，可以毫无遗憾地闭上眼睛。但是这样'一个美好的，真诚的，善良的灵魂'是任何反动势力所摧毁不了的，他要永远徘徊在人间。"——《"五四"运动六十周年》
3. 耕堂书衣文录有《三唱集》笔记。

致丁玲信

丁玲同志：

刚刚邹明同志带来了您的信，我读了以后，热泪盈眶。这些日子，我和我的同事们，焦急地等待您的信，邹明同志几乎每天到我这里问：

"你看丁玲同志的信，不会出问题吧？"我总是满有信心地安慰他：

"不会的。丁玲同志既然答应了我们，一定会给我们寄来的。不过她已经那么大年纪，约稿的又那么多，过两天一定会给我们寄来的。丁玲同志是重感情的，绝不会使我们失望的。"

信，今天果然收到了。我们小小的编辑部，可以说是举国若狂，奔走相告。您的信又写得这样富有感情，有很好的见解。您的想法，我是完全赞同的，我们这些年龄相仿的人，都会响应您的号召的。

我自信，您是很关心我们这一代作家的，也很了解我们的。不只了解我们的一些优长之处，主要是了解我们的缺短之处。我们这一代人，现在虽然也渐渐老了，但在三十年代，我们还是年青人的时候，都受过您在文学方面的强烈的影响。我那时崇拜您到了狂热的程度，我曾通过报刊杂志，注视你的生活和遭遇，作品的出版，还保存了杂志上登载的您的照片、手迹。在照片中，印象最深的，是登在《现代》上的，您去纱厂工作前，对镜梳妆，打扮成一个青年女工模样的那一张，明眸皓腕，庄严肃穆，至今清晰如在目前。这些材料，可惜都在抗日战争和土地改革时期丢失了。

我有很多缺点，不够勤奋，在文学事业上成就很小。又因为多年患病，使我在写作大部书的方面，遇到不少的困难。我还有容易消沉的毛病，这也是您很了解的，并时常规诫我。但是，这些年来，我的遭际虽然也够得上是残酷的了，可我并没有完全灰心丧志。文学事业不断鼓励我，使我做了力所能及的工作。最近两年,我每年可以写一本散文集,今年将要出版的,名叫《秀露》,出版后一定寄呈,请您指教。

　　成绩虽然小,但在说实话、做实事方面,我觉得是可以问心无愧,也不辜负您对我们的教导的。对于创作,我是坚信生活是主宰,作家的品质决定作品的风格的。在我写的一些短小评论中,都贯彻着我这些信念。

　　丁玲同志,我近来很忙,又时常晕眩,今天收到您的信又非常激动,请容许我先写这么一封信,以后再详细谈吧!

　　祝您

　　健康长寿!祝

　　陈明同志身体健康!

孙犁
一九八〇年十一月二日
上午十二时天津

附:

丁玲同志给孙犁的信

孙犁同志:

　　前两年吧,我就看到过你谈创作的文章,感到很大的安慰。记得是一九五七年春天，你正住在医院，我介绍过一个专门从事心理学研究的医生去看过你，以后就不再听到你的消息。再后，我长年乡居，与文坛隔绝，更无从打听你的情况，偶尔想到也无非以为……既然你现在又写文章了，可以想象大约还过得去吧。

你是一个不大说话的人，不喜欢在人面前饶舌的人，你很早就给我这样一个印象。在我们仅有的几次见面中，我们没有交谈过很多，我实在想不起来，你谈过什么，和我谈过什么。但你的文章我是喜欢的。含蓄、精练、自然、流畅。人物、生活，如同一幅幅优美的风景画带着淡淡的颜色摆在读者面前。我没有读全你所有的著作，但从你的这篇、那篇文章中，我好像对你很熟。而且总以为你对我也会有同样的看法和关心。去年以来，你来过两封短信吧，我应该复你了，却常为些杂事羁绊着，我还不能做到完全脱离"尘世"，专事创作。现在写封信复你，不是应酬，也不是投稿，而是向一个老朋友（我总以为你是我们的一个老朋友）谈谈心。想到什么就说什么吧。

知道你现在有一个小小的职业，编一个副刊，很好。花时间不多，可以在一小块园地里勤勤恳恳地耕耘，登几篇好文章，发现几棵好苗苗加以培养。年纪大了，身体也不强，在小范围以内老老实实、扎扎实实做点事还是有意义的。我们都不是神通广大的人，做一件两件事还可以，做就要做好，于心（共产党员的起码要求）无愧，于人有益就行了。不学庙堂里的千手佛，手多，手长，什么都要抓，什么也抓不好。客观存在是不以个人的欲望为转移的。我祝愿你们的小园地是一块丰收的园地。

我们都是搞创作的。我们喜欢读好作品。现今，作品很多，新人辈出。也有一些作品，启发人思索，有些作品切中时弊，得到读者欢迎。我对这些作品也很欣赏，只是我还感到有些不足。我从这些作品想到这一批作者，他们的确像初升的太阳，含苞的鲜花，是我们文艺的希望。我从他们又联想到另外的一批作家，这些同志，现在将要进入老年了。他们大都生长在战争年代，在火热的斗争中成熟，曾经与人民一道滚过几身泥土，吞过几次烈火浓烟，是熟悉人民、热爱人民、忠于人民的人。他们为了斗争、为了工作，他们学过使枪，学过使锄，也学过使笔。他们曾经写过许多感人的篇章，为革命的胜利，作出了贡献。他们饱经近二十年的动荡（特别是那十年动乱）和四年来的拨乱反正，现在是不是正在深思熟虑，积蓄力量，磨刀擦枪，再上战场，要为党，为人民，为社会主义磨炼出一部辉煌的史诗来呢？我写过一篇《我读〈东方〉》，就是为了激励这些老兵而响起的锣鼓。但是，有人说："工农兵不吃香了，写打仗不受读者欢迎。"好吧，让历史去证明吧，一百年以后，有人想要了解抗美援朝，他们还得去读《东方》。我并不是希望大家只写过去，我认为写现在，写动乱，写伤痕，写特权，写腐化，写黑暗，可是也要写新生的，写希望，写光明。不管你怎样写，总要从生活出发，写得深，写得热，写得细，写得豪迈。不管怎样令人愤怒、发指，但终究是要给人以力量，给人以爱，给人以前途，令人深思，促人奋起！要让全世界都看到，中国人民，中华民族是不可侮的，是了不起的。我现在就等着读这样一本书，我相信一定会产生的。你，你有这个意思吗？你的熟人、老朋友有这个意思吗？能不能告诉我一点好消息？可能已经有这样的作品在酝酿，或者已经写出来了，或者将要问世了。我告诉你心里话，没有这样的作品读，真是不过瘾。我们没有这样的作品，不管怎样叫喊繁荣，总感到空虚，至少有点空虚。我们实在需要真正反映这个伟大时代、伟大人民的巨著。孙犁同志！我是不喜欢悲观的。我常常注视着你，注视着许多老朋友，注视着曾经崛起过的老一代而又仍在壮年的战士啊！

自然，我们也喜欢读批评文章，现在好像少一些。理论文章长篇大论的倒不少。只是我有那么一点感觉：我以为原来也还有一点知识，就是马克思主义的文艺观、世界观吧，我靠这点知识支配我做人、处世、讲话、写文章，好像还能对付过去，几十年了，惹过祸，也没有什么大错；自然我还要继续学习，但有时一读某些理论宏文时，反倒有点糊涂了。我不理解为什么这些文章总要从"盘古开天地"写起，总要先来个扫盲，什么现实主义，新现实主义，浪漫现实主义，批判的现实主义……使人感到完全是空对空。我希望你们的园地不要赶这样的浪头，凑热闹。而是扎扎实实用马列主义观点分析几篇当代和过去的作品,给作家以启发,给读者以享受就好了。要认真研究作品,把作品放在一定的历史环境来看,把作品、作家拿来与同时代的作品、作家相比较,要确有真知灼见,不要东抄西摘,人云亦云。骂人的时候,大家是一副嘴脸;说好的时候,又同是一个腔调。怕这怕那是写不出好文章来的,看风使舵更不是好品质。孙犁同志!批评文章是很重要的。你那小小的园地,装不下大块文章,却能栽种奇花异草,像当年鲁迅先生的那样锋利的美隽的文章,我想仍是应该继承的。自然还可以发展。我们也可以献上一些颂辞,有德可歌,还是可以歌的。

  信就写到这里了,希望你回信!

丁玲
一九八〇年十月三十日

悼念田间

昨天是星期日,心情烦乱,吃罢晚饭,院子里安静些了,开门到台阶上站立。紧邻李夫,从屋里出来,告诉我:

"田间逝世了。"

"你从哪里得来的消息?"我大吃一惊。

李夫回屋,取来一张当天的《今晚报》,他是这家报纸的总编辑。

消息是不会错的,田间确是不在了。我回到屋里,开灯看了这段消息。我一夜辗转不安,我还能为他做些什么呢?前一个月，张学新来，说他害病，我写了一张明信片给葛文，没得到回复，我还以为她忙。

一九四〇年，我在晋察冀通讯社，认识田间，他虽然比我小几岁，已经是很有名的诗人，我很尊重他。他对我们这些文学爱好者，如邓康、康濯、曼晴，也有一种特殊的感情，主动把我们写的东西，介绍到大后方去。我的稿子并没有得到发表，但记得他那认真的，诚挚的情谊。不久，他调到晋察冀文协，把我和邓康带去，作为他的助手。我们一同工作了不算短的时间。一九四二年整风以后，他到盂县下乡，我也调动了工作。

一九四四年春天，我随大队去延安，经过盂县，他在道路旁边等候我作别。是个有霜雪的早晨，天气很冷，我身上披着，原是他坚壁起来的一件日本军用皮大衣，他当记者时的胜利品，羊皮上有一大片血迹。取这件衣服，我并没告诉他，他看见后，也没说什么。这件衣服，我带到延安，被一次山洪冲走了。

在文协工作时，他见我弄不到御寒的衣物，还给过我一件衣服。是他在大后方带来的驼色呢子大衣，我曾穿回冀中，因为颜色和形式，在当时实在不伦不类，妻子给我加了黑粗布面子，做成了一件短夹袄。

那时，吃不上好东西，他用大后方寄来的稿费，请我们在滹沱河畔的一家小饭馆，吃过鱼。又有一次他卖掉一条毛毯，请我们吃了一顿包子。

这些事，我在什么文章里记过了。

田间的足迹，留在晋察冀的艰难的山路上。他行军时的一往无前的姿态，一直留在我的心中。他总是走在我们的前面。他的诗，也留在晋察冀的各个村落和山头上。抗战八年，田间在诗人中，是一个勇敢的，真诚的，日以继夜，战斗不息的战士。近年来，可能有人对他陌生，甚至忘怀。但是，他那遍布山野村庄，像子弹一样呼啸的诗，不会沉寂。

田间是一个诗人，他成名很早，好像还没有领会人情世故，就出名了，他一直像个孩子。在山里，他要去结婚了，棉裤后面那块一尺见方的大补丁，翻了下来，一走一忽闪，像个小门帘。房东大娘把他叫了回来，给他缝上。他也不说什么，只是天真地笑了笑，就走了。

后来，他当了盂县县委宣传部长，后来又当了雁北地委秘书长，我都很奇怪，他能做行政工作吗？但听说都干得不错。

他天真，他对人真诚。解放后，我每次到北京，他总到我住的地方看我。我到他那里去，他总是拉我到街上，吃点什么。那几年，他兴致很好，穿着、住处，都很讲究。

一九五六年以后，因为我闹病，很少见到他。一九七五年，我和别人去逛八达岭，到他家看了看，他披着一件油垢不堪的大棉袄，住在原来是厨房的小屋里。因为人多，说了几句话，我向他要了两盒烟，就出来了。一九七八年，我到北京开了一个星期的会，他虽然有家，却和我在旅馆里同住。除去在山里，这算是我们相处时间最长的一次了。但也没有多少话好说了。

坦诚地说，我并不喜欢他这些年写的那些诗。我觉得他只在重复那些表面光彩的词句或形象。比如花呀，果呀，山呀，海呀，鹰呀，剑呀。我觉得他的诗，已经没有了《给战斗者》那种力量。但我没有和他谈过这些，我觉得那是没有用处的，也没有必要。时代产生自己的诗人，但时代也允许诗人，按照自己的意愿，走完自己的道路。

我不自量，我觉得我是田间的一个战友。抗日战争，敌后文艺工作，不只别人，连我自己，也渐渐淡漠了。但现在，我和田间，是生离死别，不能不想到一些往事。我早晨四点钟起来，写这篇零乱颠倒的文章，眼里饱含泪水。

一九八五年九月二日

悼念李季同志

已经是春天了,忽然又飘起雪来。十日下午,我一个人正在后面房间,对存放的柴米油盐,作季节性的调度。外面送来了电报。我老眼昏花,脑子迟钝,看到电报纸上李季同志的名字,一刹那间,还以为是他要到天津来,像往常一样,预先通知我一下。

绝没想到,他竟然逝去了。前不久,冯牧同志到舍下,我特别问起他的身体,冯还说:有时不好,工作一忙,反倒好起来了。我当时听了很高兴。

李季同志死于心脏病。诗人患有心脏病，这就是致命所在。患心脏病的人，不一定都是热情人；而热情人最怕得这种病。特别是诗人。诗人的心，本来就比平常的人跳动得快速、急骤、多变、失调。如果自己再不注意控制，原是很危险的。

一九七八年秋季，李季同志亲自到天津来，邀我到北京去参加一个会。我有感于他的热情，不只答应，而且坚持一个星期，把会开了下来。当我刚到旅馆，还没有进入房间，已经是晚上八点多钟了，就听到李季同志在狭窄嘈杂的旅馆走道里，边走边大声说：

"我把孙犁请了来，不能叫他守空房啊，我来和他做伴！"

他穿着一件又脏又旧的军大衣，右腿好像有了些毛病，但走路很快，谈笑风生。

在会议期间，我听了他一次发言。内容我现在忘了，他讲话的神情，却深深印在我的记忆里。他很激动，好像和人争论什么，忽然，他脸色苍白，要倒下去。他吞服了两片药，还是把话讲完了。

第二天，他就病了。

在会上，他还安排了我的发言。我讲得很短，开头就对他进行规劝。我说，大激动、大悲哀、大兴奋、大欢乐，都是对身体不利的。但不如此，又何以作诗？

在我离京的前一天晚上，他还带病到食堂和我告别，我又以注意身体为赠言。

这竟成最后一别。李季同志是死于工作繁重，易动感情的。

李季同志的诗作《王贵与李香香》，开一代诗风，改编为唱词剧本，家喻户晓，可以说是不朽之作。他开辟的这一条路，不能说后继无人，但没有人能超越他。他后来写的很多诗，虽也影响很大，但究竟不能与这一处女作相比拟。这不足为怪，是有很多原因，也可以说是有很多条件使然的。

《王贵与李香香》，绝不是单纯的陕北民歌的编排，而是李季的创作，在文学史上，这是完全新的东西，是长篇乐府。这也绝不是单凭采风所能形成的，它包括集中了时代精神和深刻的社会面貌。李季幼年参加革命，在根据地，是真正与当地群众，血肉相连，呼吸相通的。是认真地研究了民间文学的内容和形式的。他不是天生之才，而是地造之才，是大地和人民之子。

很多年来，他主要是担任文艺行政工作，而且逐渐提级，越来越繁重。这对工作来说，自然是需要，是不得已；对文艺来说，总是一个损失。当然，各行各业，都要有领导，并且需要精通业务的人去领导。不过,实践也证明,长期以来,把作家放在行政岗位,常常是得不偿失的。当然,这也只是一种估计。李季同志,是能做行政工作,成绩显著,颇孚众望的。在文艺界,号称郭、李。郭就是郭小川同志。

据我看来,无论是小川,还是李季同志,他们的领导行政,究竟还是一种诗人的领导,或者说是天才的领导。他们出任领导,并不一定是想,把自己的"道"或"志",布行于天下。只是当别人都推托不愿干时,担负起这个任务来。而诗人气质不好改,有时还是容易感情用事。适时应变的才干,究竟有限。

因为文艺行政工作,是很难做好,使得人人满意的。作家、诗人,自己虽无领导才干,也无领导兴趣,却常常苛求于人,评头论足。热心人一旦参加领导行列,又多遇理论是非之争,欲罢不能,愈卷愈脱不出身来,更无法进行创作。当然也有人,拿红铅笔,打电话惯了,尝到了行政的甜头,也就不愿再去从事那种消耗神经,煎熬心血,常常是费力不讨好的创作了。如果一帆风顺,这些人也就正式改行,从文途走上仕途。有时不顺利,也许就又弃官重操旧业。这都是正常现象。

李季做得还算够好的,难能可贵的。他的特点是,心怀比较开朗,少畛域观念,十分热情,能够团结人,在诗这一文艺领域里，有他自己广泛的影响。

自得噩耗，感情抑郁，心区也时时感到压迫和疼痛。为了驱赶这种悲伤，我想回忆一下同李季在青年时期的交往。

可惜，我同他是在五十年代初期，一次集体出国时，才真正熟起来。那时，我已经是中年了。对于出国之行，我既没有兴趣，并感到非常劳累。那种紧张，我曾比之于抗日战争时期的反"扫荡"。特别是一早起，团部传出：服装、礼节等等应注意事项。起床、盥洗、用饭，都很紧迫。我生性疏懒，动作迟缓，越紧张越慌乱。而李季同志，能从容不迫，好整以暇。他能利用蹲马桶时间：刷牙，刮脸，穿袜子，结鞋带。有一天，忽然通知：一律西服，我却不会结领带，早早起来，面对镜子，正在为难之际，李季同志忽然推门进来，衣冠楚楚，笑着说：

"怎么样，我就知道你弄不好这个。"

然后熟练地代我结好了，就像在战争时代，替一个新兵打好被包一样。

人之相知，贵相知心。对于李季同志，我不敢说是相知，更不敢说是知己。但他对于我，有一点最值得感念，就是他深深知道我的缺点和弱点。我一向不怕别人不知道我的长处，因为这是无足轻重的。我最担心的是别人不知道我的短处,因为这就谈不上真正的了解。在国外,有时不外出参观,他会把旅馆的房门一关,向同伴们提议:请孙犁唱一段京戏。在这个代表团里,好像我是唯一能唱京戏的人。

每逢有人要我唱京戏,我就兴奋起来,也随之而激动起来。李季又说:

"不要激动,你把脸对着窗外。"

他如此郑重其事,真是欣赏我的唱腔吗?人要有自知之明,直到现在我也不敢这样相信。他不过是看着我,终日一言不发,落落寡合,找机会叫我高兴一下,大家也跟着欢笑一场而已。

他是完全出于真诚的,正像他前年要我去开会时说的:

"非我来,你是不肯出山的!"

难道他这是访求山野草泽,志在举逸民吗?他不过是要我出去活动活动,与多年不见面的朋友们会会而已。

在会上,他又说:

"你不常参加这种场合,人家不知道你是什么观点,讲一讲吧。"

也是这个道理。

他是了解我的,了解我当时的思想、感情的,他是真正关心我的。

他有一颗坚强的心,他对工作是兢兢业业的,对创作是孜孜不倦的。他有一颗热烈的心,对同志,是视如手足,亲如兄弟的。他所有的,是一颗诗人的赤子之心,天真无邪之心。这是他幼年参加革命时的初心,是他从根据地的烽烟炮火里带来的。因此,我可以说,他的这颗心从来没有变过,也是永远不会停止跳动的。

一九八〇年三月十四日

悼画家马达

听到马达终于死去了,脑子又像被击中一棒,半夜醒来,再也不能入睡了。青年时代结交的战斗伙伴,相继凋谢,实在使人感怆不已。

只是在今年初,随着党中央不断催促落实政策,流落在西郊一个生产大队的马达,被记忆了起来。报社也三番两次去找他采访,叫他写些受"四人帮"迫害的材料。报社同志回来对我说:

马达住在那个生产大队临大道的尘土飞扬、人声嘈杂、用破席支架起来的防震棚里,另有一间住房,也很残破。客人们去了,他只有一个小板凳,客人照顾他年老有病,让他坐着,客人们随手拾块破砖坐下来。

马达用两只手抱着头,半天不说话。最后,他说:

"我不能说话,我不能激动,让我写写吧。"

在临分别的时候,他问起了我:

"他还在原来的地方住吗?我就是和他谈得来,我到市里要去看他。"

我在延安住的时间很短,也就是一年半的时间。原来是调去学习的,很快日本投降了,就又随着工作队出来。在延安,我在鲁艺做一点工作,马达在美术系。虽说住在一个大院落里,我不记得到过他的窑洞,他也没有到过我的窑洞。听说他的窑洞修整得很别致,他利用土方,削成了沙发、茶几、盆架、炉灶等等。可是同在一个小食堂里吃饭,每天要见三次面,有什么话也可以说清楚的。马达沉默寡言,认识这么些年,他没有什么名言说论、有风趣的话或生动的表情,留在我的印象里。

从延安出发,到张家口的路上,我和马达是一个队。我因为是从敌后来的,被派作了先遣,每天头前赶路。我有一双从晋察冀穿到延安去的山鞋,现在又把它穿上,另外,还拿上我从敌后山上砍伐来的一根六道木棍。

这次行军,非常轻松,除去过同蒲路,并没有什么敌情。后来,我又兼给女同志们赶毛驴,每天跟在一队小毛驴的后面,迎着西北高原的瑟瑟秋风,听着骑在毛驴背上的女歌手们的抒情,可以想见我的心情之舒畅了。

我在延安是单身,自己生产也不行,没有任何积蓄。有些在延安住久的同志,有爱人和小孩,他们还自备了一些旅行菜。我在延安遇到一次洪水暴发,把所有的衣被,都冲到了延河里去,自己如果不是攀住拴马的桩子,也险些冲进去。组织上照顾我,发给我一套单衣。第二天早晨,水撤了,在一辆大车的车脚下,发见了我的衣包,拿到延河边一冲洗,这样我就有了两套单衣。行军途中,我走一程,就卖去一件单衣,补充一些果子和食物。这种情况当然也是一时的权宜之计,不很正规的。

中午到了站头,我们总是蹲在街上吃饭。马达也是单身,但我不记得和他蹲在一起、共进午餐的情景。只有要在一个地方停留几天,要休整了,我才有机会和他见面,留有印象的,也只有一次。

在晋、陕交界,是个上午,我从住宿的地方出来,要经过一个磨棚，我看到马达正站在那里，聚精会神地画速写。有两位青年妇女在推磨，我没有注意她们推磨的姿态，我只是站在马达背后，看他画画。马达用一支软铅笔在图画纸上轻轻地、敏捷地描绘着，只有几笔，就出现了一个柔婉生动，非常美丽的青年妇女形象。这是素描，就像在雨雾里见到的花朵，在晴空里望到的勾月一般。我确实惊叹画家的手艺了。

我很爱好美术，但手很笨，在学校时，美术一课，总是勉强交卷。从这一次，使我对美术家，特别是画家，产生了肃然起敬的感情。

马达最初，是在上海搞木刻的。那一时代的木刻，是革命艺术的一支突出的别动队。我爱好革命文学，也连带爱好了木刻，青年时曾买了不少这方面的作品。我一直认为在《鲁迅全集》里，鲁迅同一群青年木刻家的照相中，排在后面，胸前垂着西服领带，面型朴实厚重的，就是马达。但没有当面问过他。马达那时已是一个革命者，而那时的革命，并不是在保险柜里造反，是很危险的生涯。关于他那一段历史，我也没有和他谈起过。

行军到了张家口，我和一群画家，住在一个大院里。我因为一路赶驴太累了，有时间就躺下来休息。忽然有人在什么地方发现了一堆日本人留下的烂纸，画家们蜂拥而出，去捡可以用来画画的纸片。在延安,纸和颜料的困难,给画家带来了很大的不便。我写文章,也是用一种黄色的草纸。他们只好拿起木刻刀对着梨木板干,木刻艺术就应运而生地得到了长足的发展。他们见到了纸张,这般兴奋,正是表现了他们为了革命工作的热情。

在张家口住了几天,我就和在延安结交的文艺界的朋友们分道扬镳,回到冀中去了。

进天津之初,我常在多伦道一家小饭铺吃饭,在那里有时遇到马达。后来我的家口来了,他还到我住的地方来访一次,从那时起,我觉得马达,在交际方面,至少比我通达一些。又过了那么一段时间,领导上关心,在马场道一带找了一处房,以为我和马达性格相近,职业相当,要我们搬去住在一起。这一次,因为我犹豫不决,没有去成。不久,在昆明路,又给我们找了一处,叫我住楼上,马达住楼下。这一次,他先搬了进去。我的老伴把厨房厕所都打扫干净了,顺路去看望一个朋友,听到一些不利的话,回来又不想搬了。为了此事,马达曾找我动员两次,结果我还是没搬,他就和别人住在一起了。

我是从农村长大的,安土重迁。主要是我的惰性大,如果不是迫于形势，我会为自己画地为牢，在那里站着死去的。马达是在上海混过的，他对搬家好像很有兴趣。

从这一次，我真切地看到，马达是诚心实意愿意和我结为邻居的。古人说，百金买房，千金买邻，足见择邻睦邻的重要性。但是，马达对我恐怕还是不太了解，住在一起，他或者也会大感失望的。我在一切方面，主张调剂搭配。比如，一个好动的，最好配上一个好静的，住房如此。交朋友也是如此。如果两个人都好静，都孤独，那不是太寂寞了吗？当然这也只是我个人的看法。

他搬进新居，我没有到他那里去过。据老伴说，他那屋里尽是一些奇奇怪怪的东西，他也穿着奇怪的衣服，像老和尚一样。他那年轻的爱人，对我老伴称赞了他的画法。这可能是我老伴从农村来，少见多怪。她大概是走进了他的工作室，那种奇异的服装，我想是他的工作服吧。

在刚刚进城那些年，劝业场楼上还有很多古董铺，我常常遇见马达坐在里面。后来听说他在那里买了不少乌漆八黑的，确实说，是人弃我取，一般人不愿意要的东西。他花大价钱买了来。屋里摆满了这种什物，加上一个年老沉默的人，在其中工作，的确会给人一种不太爽朗的感觉。

在艺术风格上，进城以后，他爱上了砖刻。我外行地想，至少在工作材料上,比起木刻更原始一层。他刻出的一些人物形象,信而好古,好像并不为当代的广大群众所喜闻乐见。

他很少出来活动。从红尘十丈的长街上,退避到笼子一样的房间里,这中间,可能有他力不从心的难言之隐吧。对现实生活越来越陌生,越陌生就越不习惯。以为生活像田园诗似的,人都像维娜斯似的,笑都像蒙娜丽莎似的,一接触实际,就要碰壁。他结婚以后,青春做伴,可能改变了生活的气氛。

古往今来,一些伟大的画师,以怪僻的习性,伴随超人的成绩。但是,所谓独善其身或是洁身自好,只能说是一句空话,是与现实生活矛盾的,也是不可能的。你脱离现实,现实会去接近你。

一九六六年冬季,有一群人,闯进了他的住宅,翻箱倒柜。马达俯在他出生不久的儿子身上,安静地对进来的人说:

"你们,什么东西也可以拿去,不要吓着我的小孩!"

他在六十多岁时,才有了这个孩子。

接着就是全家被迫迁往郊区。"四人帮"善于巧立名目,借刀杀人,加给他的罪名是:资产阶级反动权威。

这十几年,当然我们没有见过面。就是最近,他也没得到我这里来过,市里的房子迟迟解决不了,他来办点事,还要赶回郊区。我因为身体不好，也没有能到医院看望他。这都算不得什么，谈不上什么遗憾的。

我一直相信，马达在郊区，即使生活多么困难和不顺利，他是可以过得去的。因为，他曾经长时期度过更艰难困苦的生活。听说他在农村教了几个徒弟，这些徒弟帮他做一些他力所不及的劳动。当然，他遭遇的是精神上的折磨和人格的被侮辱。我也断定，他可以活下来，因为他是能够置心澹定，自贵其生的。他确实活过来了，在农村画了不少画，并见到了"四人帮"及其体系的可耻破灭。

一九七八年四月二十二日

小同窗

现在还能保持联系的,少年时代的同学,就只有李一个人了。

我们十四岁时,在保定育德中学同班。后来我休学一年,关系还是很好。

李,蠡县人,长得漂亮,性格温和,我好和这样的人交朋友。

他毕业以后,考入北平大学的法商学院。我初中毕业,进入了本校新成立的高中。

那时的青年人，都喜欢阅读马列主义的书籍。我除去文艺理论，还喜欢看社会科学方面的书。上海神州国光社，出版一种读书杂志，由王礼锡、陆晶清主编，连续出版了三期对于中国社会史的论战专号，我很有兴趣。我家境不好，没有多少钱买闲书。有两期，是李买了寄给我的，并写信告诉我：虽然每篇文章，都标榜唯物史观，有些人的论点是错误的。又说，刘仁静的文章是比较好的。使我对这位同学的政治学识，更进一步的佩服了。

高中毕业以后，经历了"九·一八""一·二八"的民族灾难，我在北平市政机关，当一名小职员。有一天，收到李从监狱寄来的一封信，告诉我他近日遭遇。我胆小，没有到过这些地方，约了一位姓黄的同学，一同去看他。

在一个小小的窗口，和他谈了几句话。我看到他的衣服很脏。他平日是最讲究穿着的。我心里很难过，他也几乎流下了泪。

他交给我一卷稿子，是他写的小说，希望我们找个地方发表。我带回住处，自己写的东西，都没有出路，往哪里去投呢？不久，我失业了，把稿子带回乡下家里。后来，我好像从一本刊物上，看到过这篇作品，可能他又交给了另一个人。

少年时的同学，在感情上，真有点亲如骨肉，情同手足的味道。他虽然没有到过我的家中,我的母亲、妻子和住在我家的表姐,都知道他的名字。

一九三七年,他从监狱里出来,就参加抗日工作。人民自卫军驻在安国县时,他住在我父亲的店铺里。因为有他,我出来抗日,父亲的疑虑就减少了。我是独生子。

不久,自卫军转移到我的家乡安平县,那时他是民运部长,各县的动员会,都归他领导。

有外地的一个香火头子,在我们村庄弄神弄鬼,我的堂弟也混在里面。我对他说了这件事。他说,这和民运有关。第二天,就有几个旧衙役,来到我们村庄,制止了迷信活动。乡下人很怕官差,有几个头面人物,出来应酬。衙役却不吃不喝,讲明道理就走了。老年人都说,从来也没见过,官司这样好应付的。

一九四〇年,他到延安去了。过了几年,我也到了延安。他同一位医生结了婚。到鲁艺看我,总是带上一本粉连纸印的军政杂志。他知道我好吸烟,延安的卷烟纸,是很难买到的。

建国以后,他先是当中南局的组织部副部长,后当中宣部的秘书长。很快就要提拔为副部长了,因为替一个作家,说了几句话,一下成为右派。先是下放劳动,后来就流放到新疆石河子去了。

临行前,他到天津来了一趟。我给他一些钱作为路费。另外送他两部书:一是《纪氏五种》,其中有关于新疆的笔记。一是《聊斋志异》,为想叫他读来解闷的。他说,"聊斋,你留着看吧。"

平反以后,他当了中纪委的常委。他的照片,和国家领导人排列在一起。我也感到光荣,对人说:

"官儿,李做得够大了。这在过去,就是左都御史!"

他到天津公干,来到我家。车是天津纪委的。他说,如果在我这里吃饭,请把司机招待一下。我虽然在心里怪他:你这官儿做得太窝囊了。比你小得多的人物,从北京来,都有自己的专车。还是满口答应了。那一顿饭,我只是应酬司机,也没有很好照顾他。

饭后,他和我闲谈了一会儿。我向他发牢骚,说社会风气如此,我真想找个地方隐遁去了。他没有批评我,只是笑了笑,说:

"哪里也是一样。"

回想一下,相交这么多年,我并没有多少机会,同他天南海北畅谈过,更没有酒肉的征逐。但我从少年时就信赖他,后来,更深深体会到,他真正关心我。

五十年代,我病了以后,住医院,住疗养院,都是他帮助安排的,使我得到了极其优越的待遇。他并私下里询问天津的熟人,我的病是怎样得的。被询问的人说,是因为夫妻不和,他就说,那样就不必叫他爱人来看他了。后来又听人说,我和妻子感情很好,他又笑着说,那就叫她常常来看看他吧。

七十年代,老伴去世,我又结了一次婚。他同这位女同志见过一次。不多几年,又闹纠纷,提出离异。他知道以后,很关心,几次征求我的意见,要给女方写信,挽回这件事。我说,人家已经把东西拉走了。他说,拉走东西,并不证明就不能挽救。我还是没让他写。

"文化大革命",他倍受折磨。那时他还没有得到平反,是到北京来办事的,却有心情给别人撮合。

最使我想起来感动,也惭愧的,是他对我的体谅。有一次,他到天津,下了火车就来看我,天已经黑了。他是想住在我这里的,他知道我孤僻,就试探着问:

"你就一个人睡在这里吧?"

我说是,却没有留他住下。他只好又住到他哥哥那里去了。

如果是别人,遇见这样不近人情的事,一定绝交了,他并不见怪。

忘记是哪一次,他又谈起文艺界的事。我说:

"你不要管这些人的事了,你又不了解他们。一次亏,还没吃够呀!"

他也只是笑了笑。我想,他做组织工作惯了,总是关心别人的处境。

十三大闭幕的那天晚上,我听广播,中纪委的名单上,没有他。这是因为年岁,退下来了。我想给他写封信,又一想,他会给我来信的。昨天,收到了他的信。看意思,是要写点东西了,我马上回信鼓励。

一九八七年十一月二十日下午

编者注:
文中所记的李为李之琏(1913—2006),曾任中央宣传部秘书长、中央纪委委员、常委。

母亲的记忆

母亲生了七个孩子,只养活了我一个。一年,农村闹瘟疫,一个月里,她死了三个孩子。爷爷对母亲说:

"心里想不开,人就会疯了。你出去和人们斗斗纸牌吧!"

后来,母亲就养成了春冬两闲和妇女们斗牌的习惯;并且常对家里人说:

"这是你爷爷吩咐下来的,你们不要管我。"

麦秋两季,母亲为地里的庄稼,像疯了似的劳动。她每天一听见鸡叫就到地里去,帮着收割、打场。每天很晚才回到家里来。她的身上都是土,头发上是柴草。蓝布衣裤,汗湿得泛起一层白碱,她总是撩起褂子的大襟,抹去脸上的汗水。她的口号是:"争秋夺麦!""养兵千日,用兵一时!"一家人谁也别想偷懒。

我生下来,就没有奶吃。母亲把馍馍晾干了,再粉碎煮成糊喂我。我多病,每逢病了,夜间,母亲总是放一碗清水在窗台上,祷告过往的神灵。母亲对人说:"我这个孩子,是不会孝顺的,因为他是我烧香还愿,从庙里求来的。"

家境小康以后,母亲对于村中的孤苦饥寒,尽力周济,对于过往的人,凡有求于她,无不热心相帮。有两个远村的尼姑,每年麦秋收成后,总到我们家化缘。母亲除给她们很多粮食外,还常留她们食宿。我记得有一个年轻的尼姑,长得眉清目秀。冬天住在我家,她怀揣一个蝈蝈葫芦,夜里叫得很好听,我很想要。第二天清早,母亲告诉她,小尼姑就把蝈蝈送给我了。

抗日战争时,村庄附近,敌人安上了炮楼。一年春天,我从远处回来,不敢到家里去,绕到村边的场院小屋里。母亲听说了,高兴得不知给孩子什么好。家里有一棵月季,父亲养了一春天,刚开了一朵大花,她折下就给我送去了。父亲很心痛,母亲笑着说:"我说为什么这朵花,早也不开,晚也不开，今天忽然开了呢，因为我的儿子回来，它要先给我报个信儿！"

一九五六年，我在天津，得了大病，要到外地去疗养。那时母亲已经八十多岁，当我走出屋来，她站在廊子里，对我说：

"别人病了往家里走，你怎么病了往外走呢！"

这是我同母亲的永诀。我在外养病期间，母亲去世了，享年八十四岁。

一九八二年十二月

父亲的记忆

父亲十六岁到安国县（原先叫祁州）学徒，是招赘在本村的一位姓吴的山西人介绍去的。这家店铺的字号叫永吉昌，东家是安国县北段村张姓。

店铺在城里石牌坊南。门前有一棵空心的老槐树。前院是柜房，后院是作坊——榨油和轧棉花。

我从十二岁到安国上学，就常常吃住在这里。每天掌灯以后，父亲坐在柜房的太师椅上，看着学徒们打算盘。管账的先生念着账本，人们跟着打，十来个算盘同时响，那声音是很整齐很清脆的。打了一通，学徒们报了结数，先生把数字记下来，说：去了。人们扫清算盘，又聚精会神地听着。

在这个时候，父亲总是坐在远离灯光的角落里，默默地抽着旱烟。

我后来听说，父亲也是先熬到先生这一席位，念了十几年账本，然后才当上了掌柜的。

夜晚，父亲睡在库房。那是放钱的地方，我很少进去，偶尔从撩起的门帘缝望进去，里面是很暗的。父亲就在这个地方，睡了廿几年，我是跟学徒们睡在一起的。

父亲是一九三七年，七七事变以后离开这家店铺的，那时兵荒马乱，东家也换了年轻一代人，不愿再经营这种传统的老式的买卖，要改营百货。父亲守旧，意见不合，等于是被辞退了。

父亲在那里，整整工作了四十年。每年回一次家，过一个正月十五。先是步行，后来骑驴，再后来是由叔父用牛车接送。我小的时候，常同父亲坐这个牛车。父亲很礼貌，总是在出城以后才上车，路过每个村庄，总是先下来，和街上的人打招呼，人们都称他为孙掌柜。

父亲好写字。那时学生意，一是练字，一是练算盘。学徒三年，一般的字就写得很可以了。人家都说父亲的字写得好,连母亲也这样说。他到天津做买卖时,买了一些旧字帖和破对联,拿回家来叫我临摹,父亲也很爱字画,也有一些收藏,都是很平常的作品。

抗战胜利后,我回到家里,看到父亲的身体很衰弱。这些年闹日本,父亲带着一家人,东逃西奔,饭食也跟不上。父亲在店铺中吃惯了,在家过日子,舍不得吃些好的,进入老年,身体就不行了。见我回来了,父亲很高兴。有一天晚上,一家人坐在炕上闲话,我絮絮叨叨地说我在外面受了多少苦,担了多少惊。父亲忽然不高兴起来,说:"在家里,也不容易!"回到自己屋里,妻抱怨说:"你应该先说爹这些年不容易!"

那时农村实行合理负担,富裕人家要买公债,又遇上荒年,父亲不愿卖地,地是他的性命所在,不能从他手里卖去分毫。他先是动员家里人去卖首饰、衣服、家具,然后又步行到安国县老东家那里,求讨来一批钱,支持过去。他以为这样做很合理,对我详细地描述了他那时的心情和境遇,我只能默默地听着。

父亲是一九四七年五月去世的。春播时,他去旁楼,出了汗,回来就发烧,一病不起。立增叔到河间,把我叫回来。我到地委机关,请来一位医生,医术和药物都不好,没有什么效果。

父亲去世以后,我才感到有了家庭负担。我旧的观念很重,想给父亲立个碑,至少安个墓志。我和一位搞美术的同志,到店子头去看了一次石料,还求陈肇同志给撰写了一篇很简短的碑文。不久就土地改革了,一切无从谈起。

父亲对我很慈爱,从来没有打骂过我。到保定上学,是父亲送去的。他很希望我能成材,后来虽然有些失望,也只是存在心里,没有当面斥责过我。在我教书时,父亲对我说:"你能每年交我一个长工钱,我就满足了。"我连这一点也没有做到。

父亲对给他介绍工作的姓吴的老头,一直很尊敬。那老头后来过得很不如人,每逢我们家做些像样的饭食,父亲总是把他请来,让在正座。老头总是一边吃,一边用山西口音说:"我吃太多呀,我吃太多呀!"

一九八四年四月二十七日
上午寒流到来,夜雨泥浆。

亡人逸事

一

　　旧式婚姻，过去叫作"天作之合"，是非常偶然的。据亡妻言，她十九岁那年，夏季一个下雨天，她父亲在临街的梢门洞里闲坐，从东面来了两个妇女，是说媒为业的，被雨淋湿了衣服。她父亲认识其中的一个，就让她们到梢门下避避雨再走，随便问道：

　　"给谁家说亲去来？"

　　"东头崔家。"

"给哪村说的?"

"东辽城。崔家的姑娘不大般配,恐怕成不了。"

"男方是怎么个人家?"

媒人简单介绍了一下,就笑着问:

"你家二姑娘怎样?不愿意寻吧?"

"怎么不愿意。你们就去给说说吧,我也打听打听。"她父亲回答得很爽快。

就这样,经过媒人来回跑了几趟,亲事竟然说成了。结婚以后,她跟我学认字,我们的洞房喜联横批,就是"天作之合"四个字。她点头笑着说:

"真不假,什么事都是天定的。假如不是下雨,我就到不了你家里来!"

二

虽然是封建婚姻,第一次见面却是在结婚之前。订婚后,她们村里唱大戏,我正好放假在家里。她们村有我的一个远房姑姑,特意来叫我去看戏,说是可以相相媳妇。开戏的那天,我去了,姑姑在戏台下等我。她拉着我的手,走到一条长板凳

跟前。板凳上,并排站着三个大姑娘,都穿得花枝招展,留着大辫子。姑姑叫着我的名字,说:

"你就在这里看吧,散了戏,我来叫你家去吃饭。"

姑姑的话还没有说完,我看见站在板凳中间的那个姑娘,用力盯了我一眼,从板凳上跳下来,走到照棚外面,钻进了一辆轿车。那时姑娘们出来看戏,虽在本村,也是套车送到台下,然后再搬着带来的板凳,到照棚下面看戏的。

结婚以后,姑姑总是拿这件事和她开玩笑,她也总是说姑姑会出坏道儿。

她礼教观念很重。结婚已经好多年,有一次我路过她家,想叫她跟我一同回家去。她严肃地说:

"你明天叫车来接我吧,我才走。"我只好一个人走了。

三

她在娘家,因为是小闺女,娇惯一些,从小只会做些针线活;没有下场下地劳动过。到了我们家,我母亲好下地劳动,尤其好打早起,麦秋两季,听见鸡叫,就叫起她来做饭。又没个钟表,有时饭做熟了,天还不亮。她颇以为苦。回到娘

家,曾向她父亲哭诉。她父亲问:

"婆婆叫你早起,她也起来吗?"

"她比我起得更早。还说心痛我,让我多睡了会儿哩!"

"那你还哭什么呢?"

我母亲知道她没有力气,常对她说:

"人的力气是使出来的,要伸懒筋。"

有一天,母亲带她到场院去摘北瓜,摘了满满一大筐。母亲问她:

"试试,看你背得动吗?"

她弯下腰,挎好筐系猛一立,因为北瓜太重,把她弄了个后仰,沾了满身土,北瓜也滚了满地。她站起来哭了。母亲倒笑了,自己把北瓜一个个拣起来,背到家里去了。我们那村庄,自古以来兴织布,她不会。后来孩子多了,穿衣困难,她就下决心学。从纺线到织布,都学会了。我从外面回来,看到她两个大拇指,都因为推机杼,顶得变了形,又粗,又短,指甲也短了。

后来,因为闹日本,家境越来越不好,我又不在家,她带着孩子们下场下地。到了集日,自己去卖线卖布。有时和大女儿轮换着背上二斗高粱,走三里路,到集上去粜卖。从来没有对我叫过苦。

几个孩子,也都是她在战争的年月里,一手拉扯成人长大的。农村少医药,我们十二岁的长子,竟以盲肠炎不治死亡。每逢孩子发烧,她总是整夜抱着,来回在炕上走。在她生前,我曾对孩子们说:

"我对你们,没负什么责任。母亲把你们弄大,可不容易,你们应该记着。"

四

一位老朋友、老邻居,近几年来,屡次建议我写写"大嫂"。因为他觉得她待我太好,帮助太大了。老朋友说:

"她在生活上,对你的照顾,自不待言。在文字工作上的帮助,我看也不小。可以看出,你曾多次借用她的形象,写进你的小说。至于语言,你自己承认,她是你的第二源泉。当然,她瞑目之时,冰连地结,人事皆非,言念必不及此,别人也不会作此要求。但目前情况不同,文章一事,除重大题材外,也允许记些私事。你年事已高,如果仓促有所不讳,你不觉得是个遗憾吗?"

我唯唯,但一直拖延着没有写。这是因为,虽然我们结婚很早，但正像古人常说的：相聚之日少，分离之日多；欢乐之时少，相对愁叹之时多耳。我们的青春，在战争年代中抛掷了。以后，家庭及我，又多遭变故，直至最后她的死亡。我衰年多病，实在不愿再去回顾这些。但目前也出现一些异象：过去，青春两地，一别数年，求一梦而不可得。今老年孤处，四壁生寒，却几乎每晚梦见她，想摆脱也做不到。按照迷信的说法，这可能是地下相会之期，已经不远了。因此，选择一些不太使人感伤的断片，记述如上。已散见于其他文字中者，不再重复。就是这样的文字，我也写不下去了。

我们结婚四十年，我有许多事情，对不起她，可以说她没有一件事情是对不起我的。在夫妻的情分上，我做得很差。正因为如此，她对我们之间的恩爱，记忆很深。我在北平当小职员时，曾经买过两丈花布，直接寄至她家。临终之前，她还向我提起这一件小事，问道：

"你那时为什么把布寄到我娘家去啊？"

我说：

"为的是叫你做衣服方便呀！"

她闭上眼睛，久病的脸上，展现了一丝幸福的笑容。

一九八二年二月十二日晚

觅哲生

一九四四年春天,有一支身穿浅蓝色粗布便衣、男女混杂的小队伍,走在从阜平到延安、山水相连、风沙不断、漫长的路上。

这是由华北联大高中班的师生组成的队伍。我是国文教师,哲生是一个男生,看来比我小十来岁。哲生个子很高,脸很白。他不好说话,我没见过他和别的同学说笑,也不记得,他曾经和我谈过什么。我不知道他的籍贯、学历,甚至也不知道他确切的年龄。

我身体弱，行前把棉被拆成夹被，书包也换成很小的，单层布的。但我"掠夺"了田间的一件日军皮大衣，以为到了延安，如果棉被得不到补充，它就能在夜晚压风，白天御寒。

路远无轻载。我每天抱着它走路，从左手换到右手，又从右手换到左手。这时，就会有一个青年走上来，从我手里把大衣接过去，又回到他的队列位置，一同前进。他身上背的东西，已经不少，除去个人的装备，男生还要分背一些布匹和粮食。到了宿营地，他才笑一笑，把皮大衣交给我。在行军路上，有时我回头望望，哲生总是沉默地走着，昂着头，步子大而有力。

到了延安，我们就分散了。我在鲁艺，他好像去了自然科学院。我不记得向他表示过谢意，那时，好像没有这些客套。不久，在一场水灾中，大衣被冲到延河里去了。

解放以后，我一直记起哲生。见到当时的熟人，就打听他。

越到晚年，我越想：哲生到哪里去了呢？有时也想：难道他牺牲了吗？早逝了吗？

一九九〇年七月十九日晨

记邹明

我和邹明，是一九四九年进城以后认识的。天津日报，由冀中和冀东两家报纸组成。邹明是冀东来的，他原来给首长当过一段秘书，到报社，分配到副刊科。我从冀中来，是副刊科的副科长。这是我参加革命十多年后，履历表上的第一个官衔。

在旧社会，很重视履历。我记得青年时，在北平市政府工务局，弄到一个书记的职位，消息传到岳父家，曾在外面混过事的岳叔说："唉！虽然也是个职位，可写在履历上，以后就很难长进了。"

我的妻子,把这句话,原原本本地向我转述了。当时她既不知道,什么叫作履历,我也不通世故宦情,根本没往心里去想。

及至晚年,才知道履历的重要。曾有传说,有人对我的级别,发生了疑问,差一点没有定为处级。此时,我的儿子,也已经该是处级了。

我虽然当了副刊科的副科长,心里也根本没有把它当成一个什么官儿。在旧社会,我见过科长,那是很威风的。科长穿的是西装,他下面有两位股长,穿的是绸子长衫。科长到各室视察,谁要是不规矩,比如我对面一位姓方的小职员,正在打瞌睡,科长就可以用皮鞋踢他的桌子。但那是旧衙门,是旧北平市政府的工务局,同时,那里也没有副科长。科长,我也只见过那一次。

既是官职,必有等级。我的上面有:科长、编辑部正副主任,正副总编、正副社长。这还只是在报社;如连上市里,则又有宣传部的处长、部长、文教书记等等。这就像过去北京厂甸卖的大串山里红,即使你也算是这串上的一个吧,也是最下面,最小最干瘪的那一个了。但我当时并未在意。

我这副科长,分管文艺周刊,手下还有一个兵,这就是邹明。他是我的第一个下级,我对他的特殊感情,就可想而知了。

但是除去工作,我很少和他闲谈。他很拘谨,我那时也很忙。我印象里,他是福建人,他父亲晚年得子,从小也很娇惯。后来爱好文学,写一些评论文字,参加了革命。这道路,和我大致是相同的。

他的文章,写得也很拘谨,不开展,出手很慢,后来也就很少写了。他写的东西,我都仔细给他修改。

进城时,他已经有爱人孩子。我记得,我的家眷初来,还是住的他住过的房子。

那是一间楼下临街的,大而无当的房子,好像是一家商店的门脸。我们搬进去时,厕所内粪便堆积,我用了很大力气掏洗,才弄干净。我的老伴见我勇于干这种脏活儿,曾大为惊异。我当时确是为一大家子人,能有个栖身之处,奋力操劳。"文化大革命"时,一些势利小人,编造无耻谰言,以为我一进报社,就享受什么特殊的待遇,是别有用心的。当时我的职位和待遇,比任何一个同类干部都低。对于这一点,我从来不会特别去感激谁,当然也不会去抱怨谁。

关于在一起工作时的一些细节,我都忘记了。可能相互之间,也有过一些不愉快。但邹明一直对我很尊重。在我病了以后,帮过我一些忙。我们家里,也不把他当作外人。当我在外养病三年,回家以后,老伴曾向我说过,她有一次到报社去找邹明,看见他拿着刨子,从木工室出来,她差一点没有哭了。又说:我女儿的朝鲜同学,送了很多鱿鱼,她不会做,都送给邹明了。

等到"文化大革命"开始,她在公共汽车上,碰到邹明,流着泪向他诉说家里的遭遇,邹明却大笑起来,她回来向我表示不解。

我向她解释说:你这是古时所谓妇人之恩,浅薄之见。你在汽车上,和他谈论这些事,他不笑,还能跟着你哭吗?我也有这个经验。一九五三年,我去安国下乡,看望了胡家干娘。她向我诉说了土改以后的生活,我当时也是大笑。后来觉得在老人面前,这样笑不好,可当时也没有别的方式来表示。我想,胡家干娘也会不高兴的。

从我病了以后,邹明的工作,他受反右的牵连,他的调离报社,我都不大清楚。"文化大革命"后期,有一次我从干校回来,在报社附近等汽车,邹明看见我,跑过来说了几句话。后来,我搬回多伦道,他还在山西路住,又遇见过几次,我约他到家来,他也总没来过。

"四人帮"倒台以后,报社筹备出文艺双月刊,人手不够。我对当时的总编辑石坚同志说,邹明在师范学院,因为口音,长期不能开课,把他调回来吧!很快他就调来了,实际是刊物的主编。

我有时办事莽撞,有一次回答丁玲的信,写了一句:我们小小的编辑部,于是外人以为我是文艺双月刊的主编。这可能使邹明很为难,每期还送稿子,征求我的意见,我又认为不必要,是负担。等到我明白过来,才在一篇文章中声明,我不是任何刊物的主编,也不是编委。这已经是几年以后了。

在我当选市作协主席后,我还推荐他去当副秘书长。后来,我不愿干了,不久,他也就被免掉了。

"文革"以后,有那么几年,每逢春季,我想到郊区农村转转,邹明他们总是要一辆车,陪我去。有人说我是去观赏桃花,那太风雅了。去了以后,我发现总是惊动区、村干部,又乱照相,也玩不好,大失本意,后来就不愿去了。最后一次,是到邹明下放过的农村去。到那里,村干部大摆宴席,喝起酒来,我不喝酒,也陪坐在炕上,很不自在。临行时,村干部装了三包大米,连司机,送我们每人一包。我严肃地对邹明说,这样不行。结果退了回去,当然弄得大家都不高兴,回来的路上,谁也没有说话。以后就再没有一同出过门。

邹明好看秘籍禁书,进城不久,他就借来了《金瓶梅》。

他买的宋人评话八种，包括金主亮荒淫那一篇。他还有这方面的运气，我从街头买了一部今古奇观，因是旧书，没有细看就送给他了。他后来对我说，这部书你可错出手了，其中好些篇，是按古本三言二拍排印的，没有删节，非一般版本可比。说时非常得意。前些日子，山东一位青年，寄我一本五角丛书本的中外禁书目录，我也托人带给他了。在我大量买书那些年，有了重本，我总是送他的。

曾有一次，邹明当面怏怏地说我不帮助人。当时，我不明白他指的什么方面，就没有说话。他说的是事实，在一些大问题上，我没有能帮助他。但我也并不因此自责。我的一生，不只不能在大事件上帮助朋友，同样也不能帮助我的儿女，甚至不能自助。因为我一直没有这种能力，并不是因为我没有这种感情。

这些年，我写了东西，自己拿不准，总是请他给看一看。

"老邹，你看行吗？有什么问题吗？"我对他的看文字的能力，是完全信赖的。

他总是说好，没有提过反对的意见。其实，我知道，他对文、对事、对人，意见并不和我完全相同。他所以不提反对意见，是他的印象里，我可能是个听不进批评的人。这怨自己道德修养不够，不能怪他。有一次，有一篇比较麻烦的作品，我请他看过,又像上面那样问他,他只是沉了沉脸说:"好,这是总结性的!"

我终于不明白,他是赞成,还是反对,最后还是把那篇文章发表了。

另有一次,我几次托他打电话,给北京的一个朋友,要回一篇稿子。我说得很坚决,但就是要不回来,终于使我和那位朋友之间,发生了不愉快。我后来想,他在打电话时,可能变通了我的语气。因为他和那位同志,也是要好的朋友。

邹明喜欢洋玩意,他劝我买过一支派克水笔,在"文革"时,我专门为此挨了一次批斗。我老伴病了,他又给买了一部袖珍收音机,使病人卧床收听。他有机会就兴致勃勃地给我介绍新兴的商品,后来,弄得我总是笑而不答。

邹明除去上班,还要回家做饭,每逢临近做饭时间,他就告辞,我也总是说一句:"又该回去做饭了?"

他就不再言语,红着脸走了,很不好意思似的。以后,我就不再说这句话了。

有一家出版社委托他编一本我谈编辑工作的书。在书后,他愿附上他早年写的经过我修改的一篇文章。我劝他留着,以后编到他自己的书里。我总是劝他多写一些文章,他就是不愿动笔,偶尔写一点,文风改进也不大。

他的资历、影响,他对作家的感情和尊重,他在编辑工作上的认真正直,在文艺界得到了承认。大批中青年作家,都是他的朋友。丁玲、舒群、康濯、魏巍对他都很尊重,评上了高级职称,还得到了全国老编辑荣誉奖,奖品是一个花岗岩大花瓶,足有五公斤重。评委诸公不知如何设计的,既可作为装饰,又可运动手臂,还能显示老年人的沉稳持重。难为市作协的李中,从北京运回三个来,我和万力,各得其一。

邹明病了以后,正值他主编的刊物创刊十周年。他要我写一点意见,我写了。他愿意寄到人民日报先登一下,我也同意了。我愿意他病中高兴一下。

自从他病了以后,我长时间心情抑郁,若有所失。回顾四十年交往,虽说不上深交,也算是互相了解的了。他是我最接近的朋友,最亲近的同事。我们之间,初交以淡,后来也没有大起大落的波折变异。他不顺利时,我不在家。"文革"期间,他已不在报社。没有机会面对面地相互进行批判。也没有发现他在别的地方,用别的方式对我进行侮辱攻击。这就是很不容易,值得纪念的了。

我老了,记忆力差,对人对事,也不愿再多用感情。以上所记,杂乱无章,与其说是记朋友,不如说是记我本人。是哀邹明,也是哀我自己。我们的一生,这样短暂,却充满了风雨、冰雹、雷电，经历了哀伤、凄楚、挣扎，看到了那么多的卑鄙、无耻和丑恶，这是一场无可奈何的人生大梦，它的觉醒，常常在瞑目临终之时。

我和邹明，都不是强者，而是弱者；不是成功者，而是失败者。我们从哪一方面，都谈不上功成名遂，心满意足。但也不必自叹弗如，怨天尤人。有很多事情，是本身条件和错误所造成。我常对邹明说：我们还是相信命运吧！这样可以减少很多苦恼。邹明不一定同意我的人生观，但他也不反驳我。

我发现，邹明有时确是想匡正我的一些过失；我有时也确是把他当作一位老朋友，知心人，想听听他对我的总的印象和评价。但总是错过这种机会，得不到实现。原因主要在我不能使他免除顾虑。如果邹明从此不能再说话，就成了我终生的一大遗憾。此时此刻，朋友之间，像他这样了解我的人，实在不太多了。

邹明一生，官运也不亨通。我在小汤山养病时，有报社一位老服务员跟随我，他曾对我老伴说：报社很多人，都不喜欢邹明，就是孙犁喜欢他。他的官运不通，可能和他的性格有关，他脾气不好。在报社，第一阶段，混到了文艺部副主任，和我那副科长，差不多。第二阶段，编一本默默无闻，只能销几千份的刊物，直到今年十月一期上，才正式标明他是主编，随后他就病倒了。人不信命，可乎！

邹明好喝酒，饮浓茶，抽劣质烟。到我那里，我给他较好的烟，他总是说：那个没劲儿。显然，烟酒对他的病也都不利。

二三十年代，有那么多的青年，因为爱好文艺，从而走上了革命征途。这是当时社会大潮中的一种壮观景象。为此，不少人曾付出各式各样的代价，有些人也因此在不同程度上误了自身。幸运者少，悲剧者多。我现在想，如果邹明一直给首长当秘书，从那时就弃文从政、从军，虽不一定就位至显要，在精神和物质生活方面，总会比现在更功德圆满一些吧。我之想起这些，是因为也曾有一位首长，要我去给他当秘书，别人先替我回绝了，失去了做官的一次机会，为此常常耿耿于怀的缘故。

现在有的人，就聪明多了。即使已经进入文艺圈的人，也多已弃文从商，或文商结合。或以文沽名，而后从政；或政余弄文，以邀名声。因而文场芜杂，士林斑驳。干预生活，是干预政治的先声；摆脱政治，是醉心政治的烟幕。文艺便日渐商贾化、政客化、青皮化。

邹明比我可能好一些，但也不是一个聪明人。在一些问题上，在生活行动上，有些旧观念。他不会投政治之机，渔时代之利，因此也不会得风气之先。他一直不能成为一个时代的宠儿，耀眼的明星。他常常有点畸零之感。有些消极的想法。然又不甘把时间浪费，总想做些力所能及的事情。考核他几十年所作所为，我以为还都是于国家于人民有益的。但像这种工作方式，特别在目前局势来说，是吃不开的，不受重视的。除去业务，他没有其他野心；自幼家境富裕，也不把金钱看得那么重。他既不能攀缘权要以自显，也不屑借重明星以自高。因此，他将永远是默默无闻的，再过些年，也许会被人忘记的。

很多外人，把邹明说成是我的"嫡系"，这当然有些过分。但长期以来，我确把他看作是自己的一个帮手。进入晚年，我还常想，他能够帮助我的孩子们，处理我的后事。现在他的情况如此，我的心情，是不用诉说的。

写于一九八九年十二月十一日

第 3 辑

乡里旧闻

度春荒

我的家乡，邻近一条大河，树木很少，经常旱涝不收。在我幼年时，每年春季，粮食很缺，普通人家都要吃野菜树叶。春天，最早出土的，是一种名叫老鸹锦的野菜，孩子们带着一把小刀，提着小篮，成群结队到野外去，寻觅剜取像铜钱大小的这种野菜的幼苗。

这种野菜，回家用开水一泼，搀上糠面蒸食，很有韧性。

与此同时出土的是苣苣菜，就是那种有很白嫩的根，带点苦味的野菜。但是这种菜，不能当粮食吃。

以后，田野里的生机多了，野菜的品种，也就多了。有黄须菜，有扫帚苗，都可以吃。春天的麦苗，也可以救急，这是要到人家地里去偷来。

到树叶发芽，孩子们就脱光了脚，在手心吐些唾沫，上到树上去。榆叶和榆钱，是最好的菜。柳芽也很好。在大荒之年，我吃过杨花。就是大叶杨春天抽出的那种穗子一样的花。这种东西，是不得已而吃之，并且很费事，要用水浸好几遍，再上锅蒸，味道是很难闻的。

在春天，田野里跑着无数的孩子们，是为饥饿驱使，也为新的生机驱使，他们漫天漫野地跑着，寻视着，欢笑并打闹，追赶和竞争。

春风吹来，大地苏醒，河水解冻，万物孳生，土地是松软的，把孩子们的脚埋进去，他们仍然欢乐地跑着，并不感到跋涉。

清晨，还有露水，还有霜雪，小手冻得通红，但不久，太阳出来，就感到很暖和，男孩子们都脱去了上衣。

为衣食奔波，而不大感到愁苦，只有童年。

我的童年，虽然也常有兵荒马乱，究竟还没有遇见大灾荒，像我后来从历史书上知道的那样。这一带地方，在历史上，特别是新旧五代史上记载，人民的遭遇是异常悲惨的。因为战争，因为异族的侵略，因为灾荒，一连很多年，在书本上写着：人相食；析骨而焚；易子而食。

战争是大灾荒、大瘟疫的根源。饥饿可以使人疯狂，可以使人死亡，可以使人恢复兽性。曾国藩的日记里，有一页记的是太平天国战争时，安徽一带的人肉价目表。我们的民族，经历了比噩梦还可怕的年月！

日本帝国主义的侵略，以战养战，三光政策，是很野蛮很残酷的。但是因为共产党记取历史经验，重视农业生产，村里虽然有那么多青年人出去抗日，每年粮食的收成，还是能得到保证。党在这一时期，在农村实行合理负担的政策。地主富农，占有大部分土地，虽然对这种政策，心里有些不满，他们还是积极经营的。抗日期间，我曾住在一家地主家里，他家的大儿子对我说："你们在前方努力抗日，我们在后方努力碾米。"

在八年抗日战争中，我们成功地避免了"大兵之后，必有凶年"的可怕遭遇，保证了抗日战争的胜利。

一九七九年十二月

村 长

这个村庄本来很小，交通也不方便，离保定一百二十里，离县城十八里。它有一个村长，是一家富农。我不记得这村长是民选的，还是委派的。但他家的正房里，悬挂着本县县长一个奖状，说他对维持地方治安有成绩，用镜框装饰着。平日也看不见他有什么职务，他照样管理农事家务，赶集卖粮食。村里小学他是校董，县里督学来了，中午在他家吃饭。他手下另有一个"地方"，这个职务倒很明显，每逢征收钱粮，由他在街上敲锣呼喊。

这个村长个子很小,脸也很黑,还有些麻子。他的穿著,比较讲究,在冬天,他有一件羊皮袄,在街上走路的时候,他的右手总是提起皮袄右面的开襟地方,步子也迈得细碎些,这样,他以为势派。

他原来和"地方"的老婆姘靠着。"地方"出外很多年,回到家后,村长就给他一面铜锣,派他当了"地方"。

在村子的最东头,有一家人卖油炸馃子,有好几代历史了。这种行业,好像并不成全人,每天天不亮,就站在油锅旁。男人们都得了痨病,很早就死去了。但女人就没事,因此,这一家有好几个寡妇。村长又爱上了其中一个高个子的寡妇,就不大到"地方"家去了。

可是,这个寡妇,在村里还有别的相好,因为村长有钱有势,其他人就不能再登上她家的门边。

一九三七年,"七七"事变,国民党政权南逃。这年秋季,地方大乱。一到夜晚,远近枪声如度岁。有绑票的,有自卫的。

一天晚上,村长又到东头寡妇家去,夜深了才出来,寡妇不放心,叫她的儿子送村长回家。走到东街土地庙那里,从庙里出来几个人,用撅枪把村长打死在地,把寡妇的儿子也打死了。寡妇就这一个儿子,还是她丈夫的遗腹子。把他打死,显然是怕他走漏风声。

村长头部中了数弹,但他并没有死,因为撅枪和土造的子弹,都没有准头和力量。第二天早上苏醒了过来。儿子把他送到县城医治枪伤,并指名告了村里和他家有宿怨的几个农民。当时的政权是维持会,土豪劣绅管事,当即把几个农民抓到县里,并带了镣。八路军到了,才释放出来。

村长回到村里,五官破坏,面目全非。深居简出,常常把一柄大锄刀放在门边,以防不测。一九三九年,日本人占据县城,地方又大乱。一个夜晚,村长终于被绑架到村南坟地,割去生殖器,大卸八块。村长之死,从政治上说,是打击封建恶霸势力,这是村庄开展阶级斗争的序幕。

那个寡妇,脸上虽有几点浅白麻子,长得却有几分人才,高高的个儿,可以说是亭亭玉立。后来,村妇救会成立,她是第一任的主任,现在还活着。死去的儿子,也有一个遗腹子,现在也长大成人了。

村长的孙子孙女,也先后参加了八路军,后来都是干部。

一九七九年十二月

凤池叔

凤池叔就住我家的前邻。在我幼年时,他盖了三间新的砖房。他有一个叔父,名叫老亭。在本地有名的联庄会和英法联军交战时,他伤了一只眼,从前线退了下来,小队英国兵追了下来,使全村遭了一场浩劫,有一名没有来得及逃走的妇女,被鬼子轮奸致死。这位妇女,死后留下了不太好的名声。村中的妇女们说:她本来可以跑出去,可是她想发洋人的财,结果送了命。其实,并不一定是如此的。

老亭受了伤,也没有留下什么英雄的称号,只是从此名字上加了一个字,人们都叫他瞎老亭。

瞎老亭有一处宅院,和凤池叔紧挨着,还有三间土坯北房。他为人很是孤独,从来也不和人们来往。我们住得这样近,我也不记得在幼年时,到他院里玩耍过,更不用说到他的屋子里去了。我对他那三间住房,没有丝毫的印象。

但是,每逢从他那低矮颓破的土院墙旁边走过时,总能看到,他那不小的院子里,原是很吸引儿童们的注意的。他的院里,有几棵红枣树,种着几畦瓜菜,有几只鸡跑着,其中那只大红公鸡,特别雄壮而美丽,不住声趾高气扬地啼叫。

瞎老亭总是一个人坐在他的北屋门口。他呆呆地直直地坐着,坏了的一只眼睛紧紧闭着,面容愁惨,好像总在回忆着什么不愉快的事。这种形态,儿童们一见,总是有点害怕的,不敢去接近他。

我特别记得,他的身旁,有一盆夹竹桃,据说这是他最爱惜的东西。这是稀有植物,整个村庄,就他这院里有一棵,也正因为有这一棵,使我很早就认识了这种花树。

村里的人,也很少有人到他那里去。只有他前邻的一个寡妇,常到他那里,并且半公开的,在夜间和他做伴。

这位老年寡妇,毫不隐讳地对妇女们说:

"神仙还救苦救难哩,我就是这样,才和他好的。"

瞎老亭死了以后，凤池叔以亲侄子的资格，继承了他的财产。拆了那三间土坯北房，又添上些钱，在自己的房基上，盖了三间新的砖房。那时，他的母亲还活着。

凤池叔是独生子，他的父亲是怎样一个人，我完全不记得，可能死得很早。凤池叔长得身材高大，仪表非凡，他总是穿着整整齐齐的长袍，步履庄严地走着。我时常想，如果他的运气好，在军队上混事，一定可以带一旅人或一师人。如果是个演员，扮相一定不亚于武生泰斗杨小楼那样威武。

可是他的命运不济。他一直在外村当长工。行行出状元，他是远近知名的长工：不只力气大，农活精，赶车尤其拿手。他赶几套的骡马，总是有条不紊，他从来也不像那些粗劣的驭手，随便鸣鞭、吆喝，以至虐待折磨牲畜。他总是若无其事地把鞭子抱在袖筒里，慢条斯理地抽着烟，不动声色，就完成了驾驭的任务。这一点，是很得地主们的赏识的。

但是，他在哪一家也呆不长久，最多二年。这并不是说他犯有那种毛病：一年勤，二年懒，三年就把当家的管。主要是他太傲慢，从不低声下气。另外，车马不讲究他不干，哪一个牲口不出色，不依他换掉，他也不干。另外，活当然干得出色，但也只是大秋大麦之时，其余时间，他好参与赌博，交结妇女。

因此，他常常失业家居。有一年冬天，他在家里闲着，年景又不好，村里的人都知道他没有吃的了，有些本院的长辈，出于怜悯，问他：

"凤池，你吃过饭了吗？"

"吃了！"他大声地回答。

"吃的什么？"

"吃的饺子！"

他从来也不向别人乞求一口饭，并绝对不露出挨饥受饿的样子，也从不偷盗，穿著也从不减退。

到过他的房间的人，知道他是家徒四壁，什么东西也卖光了的。

不知从哪里来了一个女的，藏在他的屋里，最初谁也不知道。一天夜间，这个妇女的本夫带领一些乡人，找到这里，破门而入。凤池叔从炕上跃起，用顶门大棍，把那个本夫，打了个头破血流，一群人慑于威势，大败而归，沿途留下不少血迹。那个妇女也呆不住，从此不知下落。

凤池叔不久就卖掉了他那三间北房。土改时，贫民团又把这房分给了他。在他死以前，他又把它卖掉了，才为自己出了一个体面的、虽属光棍但谁都乐于帮忙的殡，了此一生。

一九七九年十二月

干 巴

在这个小小的村庄里,干巴要算是最穷最苦的人了。他的老婆,前几年,因为产后没吃的死去了,留下了一个小孩。最初,人们都说是个女孩,并说她命硬,一下生就把母亲克死了。过了两三年,干巴对人们说,他的孩子不是女孩,是个男孩,并给他起了个名字,叫小变儿。

干巴好不容易按照男孩子把他养大,这孩子也渐渐能帮助父亲做些事情了。他长得矮弱瘦小,可也能背上一个小筐,到野地里去拾些柴火和庄稼了。其实,他应该和女孩子们一块去玩耍、工作。他在各方面，都更像一个女孩子。但是，干巴一定叫他到男孩子群里去。男孩子是很淘气的，他们常常跟小变儿起哄，欺侮他：

"来，小变儿，叫我们看着，又变了没有？"

有时就把这孩子逗哭了。这样，他的性情、脾气，在很小的时候，就发生了变态：孤僻，易怒。他总是一个人去玩，到其他孩子不乐意去的地方拾柴、拣庄稼。

这个村庄，每年夏天，好发大水，水撤了，村边一些沟里、坑里，水还满满的。每天中午，孩子们好聚到那里凫水，那是非常高兴和热闹的场面。

每逢小变儿走近那些沟坑，在其中游泳的孩子们，就喊：

"小变儿，脱了裤子下水吧！来，你不敢脱裤子！"

小变儿就默默地离开了那里。但天气实在热，他也实在愿意到水里去洗洗玩玩。有一天，人们都回家吃午饭了，他走到很少有人去的村东窑坑那里，看看四处没有人，脱了衣服跳进去。这个坑的水很深，一下就灭了顶，他喊叫了两声，没有人听见，这个孩子就淹死了。

这样，干巴就剩下孤身一人，没有了儿子。

他现在什么也没有了，他没有田地，也可以说没有房屋，他那间小屋，是很难叫作房屋的。他怎样生活？他有什么职业呢?

冬天,他就卖豆腐,在农村,这几乎可以不要什么本钱。秋天,他到地里拾些黑豆、黄豆,即使他在地头地脑偷一些,人们都知道他寒苦,也都睁一个眼,闭一个眼,不忍去说他。

他把这些豆子,做成豆腐,每天早晨挑到街上,敲着梆子,顾客都是拿豆子来换,很快就卖光了。自己吃些豆腐渣,这个冬天,也就过去了。

在村里,他还从事一种副业,也可以说是业余的工作。那时代,农村的小孩子,死亡率很高。有的人家,连生五六个,一个也养不活。不用说那些大病症,比如说天花、麻疹、伤寒,可以死人;就是这些病症,比如抽风、盲肠炎、痢疾、百日咳,小孩子得上了,也难逃个活命。

母亲们看着孩子死去了,掉下两点眼泪,就去找干巴,叫他帮忙把孩子埋了去。干巴赶紧放下活计,背上铁铲,来到这家,用一片破炕席或一个破席锅盖,把孩子裹好,挟在腋下,安慰母亲一句:

"他婶子,不要难过。我把他埋得深深的,你放心吧!"

就走到村外去了。

其实,在那些年月,母亲们对死去一个不成年的孩子,也不很伤心,视若平常。因为她们在生活上遇到的苦难太多,孩子们累得她们也够受了。

　　事情完毕，她们就给干巴送些粮食或破烂衣服去，酬谢他的帮忙。

　　这种工作，一直到干巴离开人间，成了他的专利。

一九七九年十二月

木匠的女儿

　　这个小村庄的主要街道，应该说是那条东西街，其实也不到半里长。街的两头，房舍比较整齐，人家过得比较富裕，接连几户都是大梢门。

　　进善家的梢门里，分为东西两户，原是兄弟分家，看来过去的日子，是相当势派的，现在却都有些没落了。进善的哥哥，幼年时念了几年书，学得文不成武不就，种庄稼不行，只是练就一笔好字，村里有什么文书上的事，都是求他。也没有多少用武之地，不过红事喜帖，白事丧榜之类。进善幼年就赶上日子走下坡路，因此学了木匠，在农村，这一行业也算是高等的，仅次于读书经商。

他是在束鹿旧城学的徒。那里的木匠铺，是远近几个县都知名的，专做嫁妆活。凡是地主家聘姑娘，都先派人丈量男家居室，陪送木器家具。只有内间的叫作半套；里外两间都有的，叫作全套。原料都是杨木，外加大漆。

学成以后，进善结了婚，就回家过日子来了。附近村庄人家有些零星木活，比如修整梁木，打做门窗，成全棺材，就请他去做，除去工钱，饭食都是好的，每顿有两盘菜，中午一顿还有酒喝。闲时还种几亩田地，不误农活。

可是，当他有了一儿一女以后，他的老婆因为过于劳累，得肺病死去了。当时两个孩子还小，请他家的大娘带着，过不了几年，这位大娘也得了肺病，死去了。进善就得自己带着两个孩子，这样一来，原来很是精神利索的进善，就一下变得愁眉不展，外出做活也不方便，日子也就越来越困难了。

女儿是头大的，名叫小杏。当她还不到十岁，就帮着父亲做事了，十四五岁的时候，已经出息得像个大人。长得很俊俏，眼特别秀丽，有时在梢门口大街上一站，身边不管有多少和她年岁相仿的女孩儿们，她的身条容色，都是特别引人注目的。

贫苦无依的生活，在旧社会，只能给女孩子带来不幸。越长得好，其不幸的可能就越多。她们那幼小的心灵，先是向命运之神应战，但多数终归屈服于它。在绝望之余，她从一面小破镜中，看到了自己的容色，她现在能够仰仗的只有自己的青春。

她希望能找到一门好些的婆家，但等她十七岁结了婚，不只丈夫不能叫她满意，那位刁钻古怪的婆婆，也实在不能令人忍受。她上过一次吊，被人救了下来，就长年住在父亲家里。

虽然这是一个不到一百户的小村庄，但它也是一个社会。它有贫穷富贵，有尊荣耻辱，有士农工商，有兴亡成败。

进善常去给富裕人家做活，因此结识了那些人家的游手好闲的子弟。其中有一家在村北头开油坊的少掌柜，他常到进善家来，有时在夜晚带一瓶子酒和一只烧鸡，两个人喝着酒，他撕一些鸡肉叫小杏吃。不久，就和小杏好起来。赶集上庙，两个人约好在背静地方相会，少掌柜给她买个烧饼裹肉，或是买两双袜子送给她。虽说是少女的纯洁，虽说是廉价的爱情，这里面也有倾心相与，也有引诱抗拒，也有风花雪月，也有海誓山盟。

女人一旦得到依靠男人的体验，胆子就越来越大，羞耻就越来越少。就越想去依靠那钱多的，势力大的，这叫作一步步往上依靠，灵魂一步步往下堕落。

她家对门有一位在县里当教育局长的，她和他靠上了，局长回家，就住在她家里。

一九三七年，这一带的国民党政府逃往南方，局长也跟着走了。成立了抗日县政府，组织了抗日游击队。抗日县长常到这村里来，有时就在进善家吃饭住宿。日子长了，和这一家人都熟识了，小杏又和这位县长靠上，她的弟弟给县长当了通讯员，背上了盒子枪。

一九三八年冬天，日本人占据了县城。屯集在河南省的国民党军队张荫梧部，正在实行曲线救国，配合日军，企图消灭八路军。那位局长，跟随张荫梧多年了，有一天，又突然回到了村里。他回到村庄不多几天，县城的日军和伪军，"扫荡"了这个村庄，把全村的男女老少集合到大街上，在街头一棵槐树上，烧死了抗日村长。日本人在各家搜索时，在进善的女儿房中，搜出一件农村少有的雨衣，就吊打小杏，小杏说出是那位局长穿的，日本人就不再追究，回县城去了。日本人走时，是在黄昏，人们惶惶不安地刚吃过晚饭，就听见街上又响起枪来。随后，在村东野外的高沙岗上，传来了局长呼救的声音。好像他被绑了票，要乡亲们快凑钱搭救他。深夜，那声音非常凄厉。这时，街上有几个人影，打着灯笼，挨家挨户借钱，家家都早已插门闭户了。交了钱，并没得买下局长的命，他被枪毙在高岗之上。

有人说，日本这次"扫荡"，是他勾引来的，他的死刑是"老八"执行的。他一回村，游击组就向上级报告了。可是，如果他不是迷恋小杏，早走一天，可能就没事……

日本人四处安插据点，在离这个村庄三里地的子文镇，盖了一个炮楼，形势一天比一天紧张，我们的主力西撤了。汉奸活跃起来，抗日政权转入地下，抗日县长，只能在夜间转移。抗日干部被捕的很多，有的叛变了。有人在夜里到小杏家，找县长，并向他劝降。这位不到二十岁的县长，本来是个纨绔子弟，经不起考验，但他不愿明目张胆地投降日本，通过亲戚朋友，到敌占区北平躲身子去了。

小杏的弟弟，经过一些坏人的引诱怂恿，带着县长的两支枪，投降了附近的炮楼，当了一名伪军。他是个小孩子，每天在炮楼下站岗，附近三乡五里，都认识他，他却坏下去的很快，敲诈勒索，以至奸污妇女。他那好吃懒做的大伯，也仗着侄儿的势力，在村中不安分起来。在一九四三年以后，根据地形势稍有转机时，八路军夜晚把他掏了出来，枪毙示众。

小杏在二十几岁上，经历了这些生活感情上的走马灯似的动乱、打击，得了她母亲那样致命的疾病，不久就死了。她是这个小小村庄的一代风流人物。在烽烟炮火的激荡中，她几乎还没有来得及觉醒，她的花容月貌，就悄然消失，不会有人再想到她。

进善也很快就老了。但他是个乐天派，并没有倒下去。一九四五年，抗日战争胜利，县里要为死难的抗日军民，兴建一座纪念塔，在四乡搜罗能工巧匠。虽然他是汉奸家属，但本人并无罪行。村里推荐了他，他很高兴地接受了雕刻塔上飞檐门窗的任务。这些都是木工细活，附近各县，能有这种手艺的人，已经很稀少了。塔建成以后，前来游览的人，无不对他的工艺啧啧称赞。

工作之暇，他也去看了看石匠们，他们正在叮叮当当，在大石碑上，镌刻那些抗日烈士的不朽芳名。

回到家来，他孤独一人，不久就得了病，但人们还常见他拄着一根木棍出来，和人们说话。不久，村里进行土地改革，他过去相好那些人，都被划成地主或富农，他也不好再去找他们。又过了两年，才死去了。

一九八〇年九月二十一日晨

老 刁

老刁，河北深县人，他从小在外祖父家长大，外祖父家是安平县。他在保定育德中学读书时，就把安平人引为同乡，我比他低两年级，他对幼小同乡，尤其热情。他有一条腿不大得劲，长得又苍老，那时人们就都叫他老刁。

他在育德中学的师范班毕业以后，曾到安新冯村，教过一年书，后来到北平西郊的黑龙潭小学教书。那时我正在北平失业，曾抱着一本新出版的《死魂灵》，到他那里住了两天。

有一年暑假，我们为了找职业都住在保定母校的招待楼里,那是一座碉堡式的小楼。有一天,他同另一位同学出去,回来时,非常张惶,说是看见某某同学被人捕去了。那时捕去的学生,都是共产党。

过了几年,爆发了抗日战争。一九三九年春天,我同陈肇同志,要过路西去,在安平县西南地区,遇到了他。当听说他是安平县的"特委"时,我很惊异。我以为他还在北平西郊教书,他怎么一下子弄到这么显赫的头衔。那时我还不是党员,当然不便细问。因为过路就是山地,我同老陈把我们骑来的自行车交给他,他给了我们一人五元钱,可见他当时经济上的困难。

那一次,我只记得他说了一句:

"游击队正在审人打人,我在那里坐不住。"

敌人占了县城,我想可能审讯的是汉奸嫌疑犯吧。

一九四一年,我从山地回到冀中。第二年春季,我又要过路西去,在七地委的招待所,见到了他。当时他好像很不得意,在我的住处坐了一会儿就走了。这也使我很惊异,怎么他一下又变得这么消沉?

一九四六年夏天,抗日战争早已结束,我住在河间临街的一间大梢门洞里。有一天下午,我正在街上闲立着,从西面来了一辆大车,后面跟着一个人,脚一拐一拐的,一看正是老刁。我把他拦请到我的床位上，请他休息一下。记得他对我说，要找一个人，给他写个历史证明材料。他问我知道不知道安志诚先生的地址，安先生原是我们在中学时的图书馆管理员。我说，我也不知道他的住处，他就又赶路去了，我好像也忘记问他，是要到哪里去？看样子，他在一直受审查吗？

又一次我回家，他也从深县老家来看我，我正想要和他谈谈，正赶上我母亲那天叫磨扇压了手，一家不安，他匆匆吃过午饭就告辞了。我往南送他二三里路，他的情绪似乎比上两次好了一些。他说县里可能分配他工作。后来听说，他在县公安局三股工作，我不知道公安局的分工细则，后来也一直没有见过他。没过两年，就听说他去世了。也不过四十来岁吧。

我的老伴对我说过，抗日战争时期，我不在家，有一天老刁到村里来了，到我家看了看，并对村干部们说，应该对我的家庭，有些照顾。他带着一个年轻女秘书，老刁在炕上休息，头枕在女秘书的大腿上。老伴说完笑了笑。一九四八年，我到深县县委宣传部工作。县里开会时，我曾托区干部，对老刁的家庭，照看一下。我还曾路过他的村庄，到他家里去过一趟。

院子里空荡荡的，好像并没有找到什么人。

事隔多年，我也行将就木，觉得老刁是个同学又是朋友，常常想起他来,但对他参加革命的前前后后,总是不大清楚,像一个谜一样。

一九八〇年九月二十一日晚

菜 虎

东头有一个老汉,个儿不高,膀乍腰圆,卖菜为生。人们都叫他菜虎,真名字倒被人忘记了。这个虎字,并没有什么恶意,不过是说他以菜为衣食之道罢了。他从小就干这一行,头一天推车到滹沱河北种菜园的村庄趸菜,第二天一早,又推上车子到南边的集市上去卖。因为南边都是旱地种大田,青菜很缺。

那时用的都是独木轮高脊手推车,车两旁捆上菜,青枝绿叶,远远望去,就像一个活的菜畦。

一车水菜分量很重,天暖季节他总是脱掉上衣,露着油黑的身子,把绊带套在肩上。遇见沙土道路或是上坡,他两条腿叉开,弓着身子,用全力往前推,立时就是一身汗水。但如果前面是硬整的平路,他推得就很轻松愉快了,空行的人没法赶过他去。也不知道他怎么弄的,那车子发出连续的有节奏的悠扬悦耳的声音,吱扭——吱扭——吱扭扭——吱扭扭。他的臀部也左右有节奏地摆动着。这种手推车的歌,在我幼年的记忆中,留下了深刻的印象。这是田野里的音乐,是道路上的歌,是充满希望的歌。有时这种声音,从几里地以外就能听到。他的老伴,坐在家里,这种声音从离村很远的路上传来。有人说,菜虎一过河,离家还有八里路,他的老伴就能听见他推车的声音,下炕给他做饭,等他到家,饭也就熟了。在黄昏炊烟四起的时候,人们一听到这声音,就说:"菜虎回来了。"

有一年七月,滹沱河决口,这一带发了一场空前的洪水,庄稼全都完了,就是半生半熟的高粱,也都冲倒在地里,被泥水浸泡着。直到九十月间,已经下过霜,地里的水还没有撤完,什么晚庄稼也种不上,种冬麦都有困难。这一年的秋天,颗粒不收,人们开始吃村边树上的残叶,剥下榆树的皮,到泥里水里捞泥高粱穗来充饥,有很多小孩到撤过水的地方去挖地梨,还挖一种泥块,叫作"胶泥沉儿",是比胶泥硬,颜色较白的小东西,放在嘴里吃。这原是营养植物的,现在用来营养人。

人们很快就干黄干瘦了,年老有病的不断死亡,也买不到棺木,都用席子裹起来,找干地方暂时埋葬。

那年我七岁,刚上小学,小学也因为水灾放假了,我也整天和孩子们到野地里去捞小鱼小虾,捕捉蚂蚱、蝉和它的原虫,寻找野菜,寻找所有绿色的、可以吃的东西。常在一起的,就有菜虎家的一个小闺女,叫作盼儿的。因为她母亲有痨病,长年喘嗽,这个小姑娘长得很瘦小,可是她很能干活,手脚利索,眼快;在这种生活竞争的场所,她常常大显身手,得到较多较大的收获,这样就会有争夺,比如一个蚂蚱、一棵野菜,是谁先看见的。

孩子们不懂事,有时问她:

"你爹叫菜虎,你们家还没有菜吃?还挖野菜?"

她手脚不停地挖着土地,回答:

"你看这道儿,能走人吗?更不用说推车了,到哪里去趸菜呀?一家人都快饿死了!"

孩子们听了,一下子就感到确实饿极了,都一屁股坐在泥地上,不说话了。

忽然在远处高坡上,出现了几个外国人,有男有女,男的穿着中国式的长袍马褂,留着大胡子,女的穿着裙子,披着金黄色的长发。

"鬼子来了。"孩子们站起来。

作为庚子年这一带义和团抗击洋人失败的报偿,外国人在往南八里地的义里村,建立了一座教堂,但这个村庄没有一家在教。现在这些洋人是来视察水灾的。他们走了以后,不久在义里村就设立了一座粥厂。村里就有不少人到那里去喝粥了。

又过了不久,传说菜虎一家在了教。又有一天,母亲回到家来对我说:

"菜虎家把闺女送给了教堂,立时换上了洋布衣裳,也不愁饿死了。"

我当时听了很难过,问母亲:

"还能回来吗?"

"人家说,就要带到天津去呢,长大了也可以回家。"母亲回答。

可是直到我离开家乡,也没见这个小姑娘回来过。我也不知道外国人一共收了多少小姑娘,但我们这个村庄确实就只有她一个人。

菜虎和他多病的老伴早死了。

现在农村已经看不到菜虎用的那种小车,当然也就听不到它那种特有的悠扬悦耳的声音了。现在的手推车都换成了胶皮轱辘,推动起来,是没有多少声音的。

一九八〇年九月二十九日晨

光 棍

幼年时,就听说大城市多产青皮、混混儿,斗狠不怕死,在茫茫人海中成为谋取生活的一种道路。但进城后,因为革命声势,此辈已销声敛迹,不能见其在大庭广众之中,行施其伎俩。十年动乱之期,流氓行为普及里巷,然已经"发迹变态",似乎与前所谓混混儿者,性质已有悬殊。

其实,就是在乡下,也有这种人物的。十里之乡,必有仁义,也必有歹徒。乡下的混混儿,名叫光棍。一般的,这类人幼小失去父母,家境贫寒,但长大了,有些聪明,不甘心受苦。他们先从赌博开始，从本村赌到外村，再赌到集市庙会。他们能在大戏台下，万人围聚之中，吆三喝四，从容不迫，旁若无人，有多大的输赢，也面不改色。当在赌场略略站住脚步，就能与官面上勾结，也可能当上一名巡警或是衙役。从此就可以包办赌局，或窝藏娼妓。这是顺利的一途。其在赌场失败者，则可以下关东，走上海，甚至报名当兵，在外乡流落若干年，再回到乡下来。

我的一个远房堂兄，幼年随人到了上海，做织布徒工。失业后，没有饭吃，他趸了几个西瓜到街上去卖，和人争执起来，他手起刀落，把人家头皮砍破，被关押了一个月。出来后，在上海青红帮内，也就有了小小的名气。但他究竟是一个农民，家里还有一点点恒产，不到中年就回家种地，也娶妻生子，在村里很是安分。这是偶一尝试，又返回正道的一例，自然和他的祖祖辈辈的"门风"有关。

在大街当中，有一个光棍名叫老索，他中年时官至县城的巡警，不久废职家居，养了一笼画眉。这种鸟儿，在乡下常常和光棍做伴，可能它那种霸气劲儿，正是主人行动的陪衬。

老索并不鱼肉乡里，也没人去招惹他。光棍一般的并不在本村为非作歹，因为欺压乡邻，将被人瞧不起，已经够不上光棍的称号。但是，到外村去闯光棍，也不是那么容易。相隔一里地的小村庄，有一个姓曹的光棍，老索和他有些输赢账。有一天，老索喝醉了，拿了一把捅猪的长刀，找到姓曹的门上。声言："你不还账，我就捅了你。"姓曹的听说，立时把上衣一脱，拍着肚脐说："来，照这个地方。"老索往后退了一步，说："要不然，你就捅了我。"姓曹的二话不说，夺过他的刀来就要下手。老索转身往自己村里跑，姓曹的一直追到他家门口。乡亲拦住，才算完事。从这一次，老索的光棍，就算"栽了"。

他雄心不死，他把希望寄托在下一代，他生了三个儿子，起名虎、豹、熊。姓曹的光棍穷得娶不上妻子，老索希望他的儿子能重新建立他失去的威名。

三儿子很早就得天花死去了，少了一个熊。大儿子到了二十岁，娶了一门童养媳，二儿子长大了，和嫂子不清不楚。有一天，弟兄两个打起架来，哥哥拿着一根粗大杠，弟弟用一把小鱼刀，把哥哥刺死在街上。在乡下，一时传言，豹吃了虎。村里怕事，仓促出了殡，民不告，官不究，弟弟到关东去躲了二年，赶上抗日战争，才回到村来。他真正成了一条光棍。那时村里正在成立农会，声势很大，村两头闹派性，他站在西头一派，有一天，在大街之上，把新任的农会主任，撞倒在地。在当时，这一举动，完全可以说成是长地富的威风，但一查他的三代，都是贫农，就对他无可奈何。我们有很长时期，是以阶级斗争代替法律的。他和嫂嫂同居，一直到得病死去。他嫂子现在还活着，有一年我回家，清晨路过她家的小院，看见她开门出来，风姿虽不及当年，并不见有什么愁苦。

这也是一种门风，老索有一个堂房兄弟名叫五湖。我幼年时，他在街上开小面铺，兼卖开水。他用竹簪把头发盘在头顶上，就像道士一样。他养着一匹小毛驴，就像大个山羊那么高，但鞍镫铃铛齐全，打扮得很是漂亮。我到外地求学，曾多次向他借驴骑用。

面铺的后边屋子里，住着他的寡嫂。那是一位从来也不到屋子外面的女人，她的房间里，一点光线也没有。她信佛，挂着红布围裙的迎门桌上，长年香火不断。这可能是避人耳目，也可能是忏悔吧。

据老年人说，当年五湖也是因为这个女人把哥哥打死的，也是到关东躲了几年，小毛驴就是从那里骑回来的。五湖并不像是光棍，他一本正经，神态岸然，倒像经过修真养性的人。乡人尝谓：如果当时有人告状，五湖受到法律制裁，就不会再有虎豹间的悲剧。

一九八〇年十月五日

刁 叔

刁叔，是写过的疤增叔的二哥。大哥叫瑞，多年跑山西，做小买卖，为人有些流氓气，也没有挣下什么。还把梅毒传染给妻子，妻女失明，儿子塌鼻破嗓，他自己不久也死了。

和我交往最多的，是刁叔。他比我大二十岁，但不把我当作孩子，好像我是他的一个知己朋友。其实，我那时对他，什么也不了解。

他家离我家很近，住在南北街路西。砖门洞里，挂着两块贞节匾，大概是他祖母的事迹吧。那时他家里，只有他和疤增婶子，他一个人住在西屋。

他没有正式上过学，但"习"过字。过去，村中无力上学，又有志读书的农民，冬闲时凑在一起，请一位能写会算的人，来教他们，就叫习字。

他为人沉静刚毅，身材高大强健。家里土地很少，没有多少活儿，闲着的时候多。但很少见到他，像别的贫苦农民一样，背着柴筐粪筐下地，也没有见过他，给别人家打短工。他也很少和别人闲坐说笑，就喜欢看一些书报。

那时乡下，没有多少书，只有我是个书呆子。他就和我交上了朋友。他向我借书，总是亲自登门，讷讷启口，好像是向我借取金钱。

我并不知道他喜欢看什么书，我正看什么，就常常借给他什么。有一次，我记得借给他的是《浮生六记》。他很快就看完了，送回时，还是亲自登门，双手捧着交给我。书，完好无损。把书借给这种人，比现在借书出去，放心多了。

我不知道他能看懂这种书不能，也没问过他读后有什么感想。我只是尽乡亲之谊，邻里之间，互通有无。

他是一个光棍。旧日农村，如果家境不太好，老大结婚还有可能，老二就很难了。他家老三，所以能娶上媳妇，是因为跑了上海，发了点小财。这在另一篇文章中，已经提过了。

我现在想：他看书，恐怕是为了解闷，也就是消遣吧。目前有人主张，文学的最大功能，最高价值，就是供人消遣。这种主张，很是时髦。其实，在几十年前，刁叔的读书，就证实了这一点，我也很早就明白这层道理了。看来并算不得什么新理论，新学说。

刁叔家的对门，是秃小叔。秃小叔一只眼，是个富农。又是一家之主，好赌。他的赌，不是逢年过节，农村里那种小赌。是到设在戏台下面，或是外村的大宝局去赌。他为人，有些胆小，那时地面也确实不大太平，路劫、绑票的很多。每当他去赴宝局之时，他总是约上刁叔，给他助威仗胆。

那种大宝局的场合、气氛，如果没有亲临过，是难以想象的。开局总是在夜间，做宝的人，隐居帐后；看宝的人，端坐帐前。一片白布，作为宝案，设于破炕席之上，幺、二、三、四四个方位，都压满了银圆。赌徒们炕上炕下，或站或立，屋里屋外，都挤满了人。人人面红耳赤，心惊肉跳；烟雾迷蒙，汗臭难闻。胜败既分，有的甚至屁滚尿流，捶胸顿足。

"免三！"一局出来了，看宝的人把宝案放在白布上，大声喊叫。免三，就是看到人们压三的最多，宝盒里不要出三。一个赌徒，抓过宝盒，屏气定心，慢慢开动着。当看准那个刻有红月牙的宝心指向何方时，把宝盒一亮，此局已定，场上有哭有笑。

秃小叔虽然一只眼，但正好用来看宝盒，看宝盒，好人有时也要眯起一只眼。他身后，站着刁叔。刁叔是他的赌场参谋，常常因他的运筹得当，而得到胜利。天明了，两个人才懒洋洋地走回村来。

这对刁叔来说，也是一种消遣。他有一个"木猫"，冬天放在院子里，有时会逮住一只黄鼬。有一回，有一只猫钻进去了，他也没有放过。一天下午，他在街上看见我，低声说：

"晚上到我那里去，我们吃猫肉。"

晚上我真的去了，共尝了猫肉。我一生只吃过这次猫肉。也不知道是家猫，还是野猫。那天晚上，他和我谈了些什么，完全忘记了。

听叔辈们说，他的水式还很好，会摸鱼，可惜我都没有亲眼见过。

刁叔年纪不大，就逝世了。那时我不在家，不知道他得的是什么病。在前一篇文章里，谈到他的死因，也不过是传言，不一定可信。我现在推测，他一定死于感情郁结。他好胜心强，长期打光棍，又不甘于偷鸡摸狗，钻洞跳墙。性格孤独，从不向人诉说苦闷。当时的农民，要改善自己的处境，也实在没有出路。这样就积成不治之症。

一九八六年八月十五日

老焕叔

前几年，细读了沙汀同志所写，一九三八年秋季随一二〇师到冀中的回忆录。内记：一天夜晚，师部住进一个名叫辽城的小村庄（我的故乡）。何其芳同志去参加了和村干部的会见，回来告诉他，村里出面讲话的，是一个迷迷怔怔的人。我立刻想到，这个人一定是老焕叔。

但老焕叔并不是村干部。当时的支部书记、农会主任、村长，都是年轻农民，也没有一个人迷迷怔怔。我想是因为，当时敌人已经占据安平县城，国民党的部队，也在冀南一带活动,冀中局面复杂。当一二〇师以正规部队的军容,进入村庄,服装、口音,和村民们日常见惯的土八路,又不一样。仓皇间,村干部不愿露面,又把老焕叔请了出来,支应一番。

老焕叔小名旦子,幼年随父亲(我们叫他胖胖爷)到山西做小买卖。后来在太原当了几年巡警和衙役。回到村里,游手好闲,和一个卖豆腐人家的女儿靠着,整天和村里的一些地主子弟浪当人喝酒赌博,也是第一个把麻将牌带进这个小村庄,并传播这种技艺的人。

读过了沙汀的回忆文章,我本来就想写写他,但总是想不起那个卖豆腐的人的名字。老家的年轻人来了,问他们,都说不知道。直到日前来了两位老年人,才弄清楚。

这个人叫新珠,号老体,是个邋邋遢遢的庄稼人。他的老婆,因为服装不整,人称"大裤腰",说话很和气。他们只生一个女孩,名叫俊女儿。其实长得并不俊,很黑,身体很健壮。不知怎样,很早就和老焕叔靠上了,结婚以后,也不到婆家去,好像还生了一个男孩。老焕叔就长年住在她家,白天聚赌,抽些油头,补助她的家用。这种事,村民不以为怪,老焕婶是个顺从妇女,也不管他,靠着在上海学织布的孩子生活。

老焕叔的罗曼史,也就是这一些。

近读求恕斋丛书,唐晏所作庚子西行记事:乡野之民,不只怕贼,也怕官。听说官要来了,也会逃跑。我的村庄,地处偏僻,每逢兵荒马乱之时,总需要个见过世面,能说会道的人,出来应付,老焕叔就是这种人选。

他长得高大魁梧,仪表堂堂。也并非真的迷迷怔怔,只是说话时,常常眯缝着眼睛,或是看着地下,有点大智若愚的样儿。

我长期在外,童年过后,就很少见到他了。进城以后,我回过一次老家,是在大病初愈之后,想去舒散一下身心。我坐在一辆旧吉普车上,途经保定,这是我上中学的地方;安国,是父亲经商,我上高级小学的地方。都算是旧地重游,但没有多走多看,也就没有引起什么感想。

下午到家。按照乡下规矩,我在村头下车,从村边小道,绕回叔父家去。吉普车从大街开进去。

村边有几个农民在打场,我和他们打招呼。其中一位年长的,问一同干活的年轻人:

"你们认识他吗?"

年轻人不答话。他就说:

"我认识他。"

当我走进村里,街上已经站满了人。大人孩子,熙熙攘攘,其盛况,虽说不上万人空巷,场面确是令人感动的。无怪古人对胜利后还乡,那么重视,虽贤者也不能免了。但我明白,自己并没有做官,穿的也不是锦绣。可能是村庄小,人们第一次看见吉普车,感到新鲜。过去回家时,并没有遇到过这样的场面。

走进叔父家,院里也满是人。老焕叔在叔父的陪同下,从屋里走了出来。他拄着一根棍子,满脸病容,大声喊叫我的小名,紧紧攥着我的手。人们都仰望着他,听他和我说话。

然后,我又把他扶进屋里,坐在那把唯一的木椅上。

我因为想到,自身有病,亲人亡逝,故园荒凉,心情并不好。他见我说话不多,坐了一会儿就走了。

他扶病来看我,一是长辈对幼辈的亲情,二是又遇到一次出头露面的机会。不久,他就故去了。他的一生,虽说有些不务正业,却也没做过什么对不起乡亲们的坏事。所以还是受到人们的尊重,是村里的一个人物。

一九八七年十月五日

附记

如写村史,老焕叔自当有传。其主要事迹,为从城市引进麻将牌一事。然此不足构成大过失，即使农村无麻将，仍有宝盒及骨牌、纸牌也。本村南头，有名曹老万者，幼年不耐农村贫苦，去安国药店学徒。学徒不成，乃流为当地混混儿。安国每年春冬，有药市庙会，商贾云集。老万初在南关后街聚赌，以其悍鸷，被无赖辈奉为头目。后又窝娼，并霸一河南女子回家，得一子。相传妓女不孕，此女盖新从农村，被拐骗出来者。为人勤劳敏快，颇安于室。附近有钱人家，生子恐不育者，争相认为干娘。传说，小儿如认在此等人名下，神鬼即不来追索。此女亦有求必应，不以为忤。然老万中年以后，精神失常，四处狂走，不能言语，只呵呵作声，向人乞讨。余读医书，得知此病，乃因梅毒菌进入人脑所致。则曹氏从城市引进梅毒，其于农村之污染，后果更不堪言矣。

古人云：不耕之民，易与为非，难与为善。这句话，还是可以思考的。

次日又记

保定旧事

　　我的家乡，距离保定，有一百八十里路。我跟随父亲在安国县，这样就缩短了六十里路。去保定上学，总是雇单套骡车，三个或两个同学，合雇一辆。车是前一天定好，刚过半夜，车夫就来打门了。他们一般是很守信用，绝不会误了客人行程的。于是抱行李上车。在路上，如果你高兴，车夫可以给你讲故事；如果你困了，要睡觉，他便停止，也坐在车前沿，抱着鞭子睡起来。这种旅行，虽在深夜，也不会迷失路途。因为学生们开学，路上的车，连成了一条长龙。牲口也是熟路，前边停下，它也停下；前边走了，它也跟着走起来，这样一直走到唐河渡口，天也就大亮了。如果是春冬天，在渡口也不会耽搁多久。车从草桥上过去，桥头上站着一个人，一边和车夫们开着玩笑，一边敲诈着学生们的过路钱。

中午，在温仁或是南大冉打尖。一进街口，便有望不到头的各式各样的笊篱，挂在大街两旁的店门口。店伙们站在门口，喊叫着，招呼着，甚至拦截着，请车辆到他的店中去。但是，这不会酿成很大的混乱，也不会因为争夺生意，互相吵闹起来。因为店伙们和车夫们都心中有数，谁是哪家的主顾，这是一生一世，也不会轻易忘情和发生变异的。

一进要停车打尖的村口，车夫们便都神气起来。那种神气是没法形容的，只有用他们的行话，才能说明万一。这就是那句社会上公认的成语："车喝儿进店，给个知县也不干！"

确实如此，车夫把车喝住，把鞭子往车卒上一插，便什么也不管，径到柜房，洗脸，喝茶，吃饭去了。一切由店伙代劳。酒饭钱，牲口草料钱，自然是从乘客的饭钱中代付了。

牲口、人吃饱了，喝足了，连知县都不想干的车夫们，一个个喝得醉醺醺的，蜂拥着从柜房出来，催客人上路。其实，客人们早就等急了，天也不早了。这时，人欢马腾，一辆辆车赶得要飞起来，车夫坐在车上，笑嘻嘻地回头对客人说：

"先生,着什么急?这是去上学,又不是回家,有媳妇等着你!"

"你该着急呀,"一些年岁大的客人说,"保定府,你有相好的吧!"

"那误不了,上灯以前赶到就行!"车夫笑着说。

一进校门,便是黄卷青灯的生活。

这是一所私立中学,设在西关外一条南北街上。这是一条很荒凉的小街道,但庄严地坐落着一所大学和两所中等学校。此外就只有几家小饭铺,三两处糖摊。

整个保定的街道,都是坑坑洼洼,尘土飞扬的。那时谁也没想过,这个府城为什么这样荒凉,这样破旧,这样萧条。也没有谁想到去建设它,或是把它修整修整。谁也没有去注意这个城市的市政机关设在哪里,也看不到一个清扫街道的工人。

从学校进城去,还有一条斜着通到西门的坎坷的土马路。走过一座卖包子和罩火烧的小楼,便是护城河的石桥。秋冬风沙大,接近城门时,从门洞刮出的风又冷又烈,就得侧着身子或背着身子走。在转身的一刹那,常常会看到,在城门一边的墙上,挂着一个小木笼,这就是在那个年代,视为平常的,被灰尘蒙盖了的，血肉模糊的示众的首级。

经常有些杂牌军队，在西关火车站驻防。星期天，在石桥旁边那家澡堂里，可以看到好多军人洗澡。在马路上，三两成群的外出士兵，一般都不携带枪支，而是把宽厚的皮带握在手里。黄昏的时候，常常有全副武装的一小队人，匆匆忙忙在街上冲过，最前边的一个人，抱着灵牌一样的纸糊大令。城门上悬挂的物件，就全是他们的作品。

如果遇到什么特别重要的人物来了，比如当时的张学良，则临时戒严，街上行人，一律面向墙壁，背后排列着也是面向墙壁的持枪士兵。

这个城市，就靠几所学校维持着，成为中国北方除北平以外著名的文化古城。

如果不是星期天，城里那条最主要的街道——西大街上，是很少行人的。两旁店铺的门，有的虚掩着，有的干脆就关闭。有名的市场"马号"里，游人也是寥寥无几。这个市场，高高低低，非常阴暗。各个小铺子里的店员们，呆呆地站在柜台旁边，有的就靠着柜台睡着了。

只有南门外大街上，几家小铁器铺里，传出叮叮当当的响声；另外，从西关水磨那里，传来哗哗的流水声。此外，这就是一座灰色的，没有声音的，城南那座曹锟花园，也没有几个游人的，窒息了的城市。

那时候，只是一家单纯的富农，还不能供给一个中学生；一家普通地主，不能供给一个大学生。必须都兼有商业资本或其他收入。这样，在很长时间里，文化和剥削，发生着不可分割的关联。

这所私立的中学，一个学生一年要交三十六元的学费（买书在外）。那时，农民出售三十斤一斗的小麦，也不过收入一元多钱。

这所中学，不只在保定，在整个华北也是有名的。它不惜重金，礼聘有名望的教员，它的毕业生，成为天津北洋大学录取新生的一个主要来源。同时，不惜工本，培养运动员。北平师范大学体育系，每期差不多由它包办了。它是在篮球场上，一度成为舞台上的梅兰芳那样的明星，王玉增的母校。

它也是那些从它这里培养，去法国勤工俭学，归来后成为一代著名人物的人们的母校。

当我进校的时候，它还附设着一个铁工厂，又和化学教员合办了一个制革厂，都没有什么生意，学生也不到那里去劳动，勤工俭学，已经名存实亡了。

学校从操场的西南角，划出一片地方，临着街盖了一排教室，办了一所平民学校。

在我上高二的时候，我有一个要好的同班生，被学校任命为平民学校的校长。他见我经常在校刊上发表小说，就约我去教女高小二年级的国文。

被教育了这么些年，一旦要去教育别人，确是很新鲜的事。听到上课的铃声，抱着书本和教具，从教员预备室里出来，严肃认真地走进教室。教室很小，学生也不多，只有五六个人。她们肃静地站立起来，认真地行着礼。

平民学校的对门，就是保定第二师范。在那灰色的大围墙里面，它的学生们，正在进行实验苏维埃的红色革命。国家民族处在生死存亡危急的关头，"九·一八""一·二八"事变，在学生平静的读书生活里，像投下两颗炸弹，许多重大迫切的问题，涌到青年们的眼前，要求每个人作出解答。

我写了韩国志士谋求独立的剧本，给学生们讲了法国和波兰的爱国小说，后来又讲了十月革命的短篇作品。

班长王淑，坐在最前排中间位置上。每当我进来，她喊着口令，声音沉稳而略带沙哑。她身材矮小，面孔很白，眼睛在她那小而有些下尖的脸盘上，显得特别的黑和特别的大。油黑的短头发，分下来紧紧贴在两鬓上。嘴很小，下唇丰厚，说话的时候，总带着轻微的笑。

她非常聪明，各门功课都是出类拔萃的，大楷和绘画，我是望尘莫及的。她的作文，紧紧吻合着时代，以及我教课的思想和感情。有说不完的意思，她就写很长的信，寄到我的学校，和我讨论，要我解答。

我们的校长，曾经跟随过孙中山先生，后来，有人说他成了国家主义派，专门办教育了。他住在学校第二层院的正房里。学校原是由一座旧庙改建的，他所住的，就是庙宇的正殿。他是道貌岸然的，长年袍褂不离身。很少看见他和人谈笑，却常常看到他在那小小的庭院里散步，也只是限于他门前那一点点地方。一九二七年以后，每次周会，能在大饭堂听到他的清楚简短的讲话。

训育主任的办公室，设在学生出入必须经过的走廊里。他坐在办公桌上，就可以对出入学校大门的人，一览无余。他觉得这还不够，几乎无时不在那一丈多长的走廊中间，来回踱步。师道尊严，尤其是训育主任，左规右矩，走路都要给学生做出楷模。他高个子，西服革履，一脸杀气——据说曾当过连长，眼睛平直前望，一步迈出去，那种蛮劲和造作劲，和仙鹤完全一样。

他的办公室的对面，是学生信架，每天下午课后，学生们到这里来，看有没有自己的信件。有一天，训育主任把我叫到他的办公室，用简短客气的话语，免去了我在平校的教职。显然是王淑的信出了毛病。

我的讲室，在面对操场的那座二层楼上。每次课间休息，我们都到走廊上，看操场上的学生们玩球。平校的小小院落，看得很清楚。随着下课铃响，我看见王淑站在她的课堂门前的台阶上，用忧郁的、大胆的、厚意深情的目光，投向我们的大楼之上。如果是下午，阳光直射在她的身上。她不顾同学们从她身边跑进跑出，直到上课的铃声响完，她才最后一个转身进入教室。

我从农村来，当时不太了解王淑的家庭生活。后来我才知道，这叫作城市贫民。她的祖先，不知在一种什么境遇下，在这个城市住了下来，目前生活是很穷困的了。她的母亲，只能把她押在那变化无常的，难以捉摸的，生活或者叫作命运的棋盘上。

城市贫民和农村的贫农不一样。城市贫民，如果他的祖先阔气过，那就要照顾生活的体面。特别是一个女孩子，她在家里可以吃不饱，但出门之时，就要有一件像样的衣服穿在身上。如果在冬天，就还要有一条宽大漂亮的毛线围巾，披在肩头。

当她因为眼病，住了西关思罗医院的时候，我又知道她家是教民，这当然也是为了得到生活上的救济。我到医院去看望了她，她用纱布包裹着双眼，像捉迷藏一样。她母亲看见我，就到外边买东西去了。在那间小房子里，王淑对我说了情意深长的话。医院的人来叫她去换药，我也告辞，她走到医院大楼的门口，回过身来，背靠着墙，向我的方位站了一会。

这座医院，是一座外国人办的医院，它有一带大围墙，围墙以内就成了殖民地。我顺着围墙往外走，经过一片杨树林。有一个小教民，背着柴筐从对面走来，向我举起拳头示威。是怕我和他争夺秋天的败枝落叶呢？还是意识到主子是外国人，自己也高人一等？

王淑和我年岁相差不多，她竟把我当作师长，在茫茫的人生原野上，希望我能指引给她一条正确的路。我很惭愧，我不是先知先觉，我很平庸，不能引导别人，自己也正在苦恼地从书本和实践中探索。训育主任，想叫学生循着他所规定的，像操场上田径比赛时，用白粉划定的跑道前进，这也是不可能的。时代和生活的波涛，不断起伏。在抗日大浪潮的推动下，我离开了保定，到了距离她很远的地方。

我不知道，生活把王淑推到了什么地方，我想她现在一定生活得很幸福。

那种苦雨愁城，枯柳败路的印象，很自然地一扫而光。

一九七七年三月

第4辑

文林谈屑

文林谈屑

电报约稿

随着现代化的进展，现在有不少刊物，用电报约稿了。本来也没有那么急，写封信也可以办事，却常常拍电报。甚至刊物还没有创刊，就用电报把办刊宗旨、编辑条例等等，用一二百字，甚至五六百字的电文，拍给作者。

有人说，这样做，一方面表示隆重，作者受此隆重待遇，必有感动，感动之后，必有佳作。另外，也表示刊物仪态大方，不怕花钱。

电报约稿,在别人那里发生的效果如何,不得而知,在我这里得到的反映,却不太理想。

我们这里送电报,不知为什么都集中在晚上八点半以后。八点半以后这个时间,对一般职工来说,当然不能说是太晚,可能一家人正在围桌吃饭,电报送来,送接都比较方便。但我是有病又上了年岁的人,八点钟我就上床睡下了。正睡得迷迷糊糊,先是院里大声传呼,然后是通通敲门砸窗,邻居惊扰,鸡犬不宁。又加上我是一人孤处,家无应门三尺童子,披衣起床,开灯找图章,踉跄跑出,既怕跌倒,又怕感冒。送报人走了以后,好久安静不下来,甚至失眠半夜。这样一来,心里先有三分反感,写稿的事情,就受了影响。

我觉得现在的刊物,主要是提高编辑质量和校对印刷质量。如果刊物的内容空洞,编校不负责任,出版拖期,只是在约稿上现代化,其作用是一定有限的。

小说名目

目前,小说的名目,越来越小了。有小小说、短小说、袖珍小说、一分钟小说、微型小说等等。小说的名目越来越小，而短篇小说仍是越来越长，这是什么缘故呢？因为，只是在名目上打转儿，并解决不了实际问题，何况这种做法，是一种退却的，甚至是全线崩溃的做法呢！骛名者，必寡实，在这个问题上，也是同样。

我们的习惯，是立一个新名目，还要找到一个旧根据。例如微型小说，现在就在中国古典小说中，找到了不少根据，证明古已有之。是的，给微型小说找祖先，在中国古典文库中，是俯拾皆是的。虽然实质上并不一定相同。比起前些日子给意识流小说找中国祖先，总是容易得多了。硬拉中国古旧小说，称之为中国早已有之的意识流。那确是很牵强附会的。

问题当然不在于有没有中国祖先，有用的东西，纯属舶来之品，有何不好呢？我们不是都在用着吗？

立了这么多短小的名目，短篇小说的长风，并没有刹住，于是有人就主张再建立一种"中短篇"的小说形式，不知试验成功了没有？

长者自长，短者自短，并存也可。这都是就形式讲话。其实，长短并不在名目，而在生活内容。生活内容空虚者，其作品必长。因为他没有实质的东西，必须去现编故事，故事又须编得圆满、热闹，自然就长起来了。反之，有生活根柢的人。他的作品必短。因为他须从丰富的积累中,选择其最有意义,最有表现力的部分。

如果没有生活的实质,只叫他往短里写,形式虽然微型了,其内含也就濒于无形了。

一九八二年六月十九日晚

文字疏忽

近日,在一家地方报纸上,看到把程伟元,排印成了程伟之,这可能是排错了,校对和编辑,对这个人名生疏,看不出错来。又在一家地方出版的文艺理论小报上,看到把章太炎的名,排印成了"炳鹿",赫然在目,大吃一惊。一转念,这也无需大惊小怪,编辑不知道章太炎名炳麟,在当今之世,实乃平常。又在一家销路很广专为文学青年办的杂志上,看到把一句古诗"乐莫乐兮新相知",排印为"禾莫禾兮渐渐相知",初看甚费解,特别是"渐渐"二字。后来一想,这很可能是原稿的字不好辨认,因此把乐排成了禾苗的禾。但既是一句诗,本来是七个字,现在排成"渐渐相知",明显地成了八个字,就没有引起编辑同志的注意吗？又听说，这家刊物有会签制度，即一篇稿件，要经过众多的编辑人员"会签"意见，发生了这样重大的错误，怎么也看不到个更正呢？（可能要有更正，笔者尚未见到。）

总之，现在印刷品上错误太多了，充分表现了常识的缺乏。青年人从这种刊物上，得到一点知识，先入为主，以后永远记着章太炎名"炳鹿"，岂不是贻误后生吗？

当然，在有些人看来，这都是芝麻粒小事。知道章太炎名炳麟，不一定就会升官晋爵，不知道，也许会官运亨通。当然读书和做官，是两回事，不读书，照样可以做官，甚至可以当刘项。但当编辑，也是如此吗？可能，可能。因为编辑还可以升组长，编辑部副主任、主任，副主编、主编，官阶在眼前，正是无止境呢！把精力时间，用在读书上对前程有利，还是用在拉拢关系上和培植私人势力上有利，有些人的取舍，是会大不相同的。因此，刊物也只好编成这个样儿了，销路日见下降，自有国家填补，自己的官阶，可是要一步步登上去，不能稍有疏忽的。

有些人确实对文字疏忽大意，对宦途和官级斤斤计较，甚至"盯"和"瞪"两个字的含义也分不清，而历任"编辑部具体负责人""编辑部主任"之职，平日如何看稿，就可想而知了。

一九八二年十二月卅日下午

刊物面目

我还记得,在十年动乱后期,作为门面,"四人帮"在各地恢复了文艺刊物,名称一律是文艺之上,冠以地名。封面、版式、内容,都是清一色的,排列在报刊架上,整齐划一,而一本一本翻过,实在没有不同特点的新鲜内容。

"四人帮"倒台以后,各省市的大批判组、创评组之类的名义取消,刊物也逐渐改易了一些名字,或以名胜,或以花朵,看来是有些差异了,但是版式大小,内容编排,还是有划一之感。在文章编排上,一般都是四大类:小说、散文、诗歌、评论。各有固定地位,固定页码,固定负责人,编辑部成为一种割据之势。当然作品的内容和"四人帮"时期,已有很大差异,但如果永远保持这样一种"千刊一面"的状态,也有些和刊头经常呼喊的"革新""创新"的口号,不大协调。考其原因,是刊物的名称虽换,而编辑部的体制,则仍是钟簴不移,庙貌未改。新出的大型文艺刊物,如双月刊、三月刊之类,在版式编排上,也有这种仿照行事的现象。

名山事业

自从司马迁说,要把自己的作品,"藏之名山,传之其人"以来,文学事业与名山的关系,就非常密切了。虽然司马迁并没有把所作《史记》,真的送到名山去埋藏。他的作品,以其特殊的成就,没有等到他死,就流传开了,而且一直流传下来,成为人人必读之书。

唐朝的白居易鉴于文人的事业,常常被兵火所消失,他在生前把自己的诗文编辑好,抄写五部,分送五大名山,藏于五大名寺。真有效果,他的集子,完完整整地流传下来了,未失一字。白居易一定含笑于九泉,庆祝自己措施的得当。

明末清初的王夫之,是逃到深山里,读书并写作的。他潜心读书,然后写出心得,发挥自己的思想和见解。他的著作,细密而精到,是只有在深山之中,断绝一切尘念,才能写出来的。

《红楼梦》据说也是在北京西山写出来的。

看来,山和文学,确实有一种美好因缘,就像它和水的关系一样,在互相呼应着,在互相促进着。

抗日战争时期,我们这一辈人的文章,也是在山里写出来的,虽然那里说不上是名山,我们的作品,也说不上是名文。

近年来,各个出版社,各个杂志社,如果所在省、市,有名山名水,每逢适当季节(庐山、海滨则宜夏,岭南则宜冬),总是约请各地名流作家,到那里集会十天半月,一方面是尽地主之谊,另一方面,是请作家们给出版社或刊物,写些稿子。作家们或单身、或携眷到达之后,居停于宾馆别墅,徜徉于名胜古迹,杯酒交欢,吟风弄月,自有一番盛况。开支多少,所得几何,因未曾主持过,也未曾躬逢其盛,不得而知。但从透露出来的消息看,稿件是没有多少收获的。作家们游得谈得虽然很热烈,临散会,顶多交一篇游记或即兴诗,就飘然下山去了。当然,长线钓大鱼。既有此番情谊,以后也许寄个中篇小说来,也说不定。

还要摄影留念,其镜头焦点,多集中到一些女性新秀的身上。

宾馆文学

刊物没有像样的头条稿件,就从外省外市,约请一位当前很红的作家来,把他请进当地高级宾馆,开一个房间,日供三餐美食烟茶水果,为刊物创作"头条"。交卷之后,并在宾馆门口,摄影留念,特别把高级宾馆的牌子,也收入镜头。以作此番写作的纪念。

因为没有被人请去过,所编刊物,本小利薄,也没有到外埠请过名人,所以此中滋味,不得而知。

现在一些作家的居住条件差,也是知道一些的。但高级宾馆,就那么适于创作吗?想来也不尽然。姑不论,宾馆之内,人来人往;食堂之内,乱乱哄哄。加上身为客人,人生地疏,如果是我,虽有沙发软床,华灯地毯,也是安不下心来的。

当然,听说还有一种特别高级的宾馆,那里面是花木满园,闲人免进,远离市尘,鸦雀无声,最适宜于构思。这种仙境,因为未得亲见,不能揣摩,每天要花费多少钱,所写出的文稿,能否抵消得过姑且不论。如果是个乡土作家,一进这种所在,不是要成为刘姥姥,还能写出东西来吗?

曹雪芹曰:茅椽蓬牖,绳床瓦灶,未能妨我襟怀。可见,创作贵有襟怀,有之虽绳床瓦灶,也无妨文思泉涌;无之,虽金殿皇宫,也无济于事的。

有的刊物,等而下之,小气些,他们把当地的业余作者,集中在一家不怎么样的招待所里，限期叫他们写出"头条小说"。这简直是采取科场制度，成心叫业余作者受罪了。

但如果有人真的写出了成功之作，刊在了头条，一炮打响，随即获奖，一举成名，那又怎么说呢？那就让我们高呼宾馆文学的胜利吧！

一九八三年三月十八日午后

运动文学与揣摩小说

我看过一部小说的提纲，主人公是一位"识时务"的女人，最早的丈夫是一个反动军人，革命到来，她立刻改嫁一个革命军人。反右时，她的丈夫遭难，她改嫁一个左派。"文化大革命"时，她改嫁一个造反派，随后又改嫁一个什么派。作者把她叫作运动夫人，一生处于不败之地。

但听说这小说终于没有写成，因为作者虽对社会人情有所感慨，他自己并没有多少这方面的实际体验。另外这种设想，也是不大可能的。因为一个女人的时光有限，多么好的如花美眷，也逃不脱似水流年。她的一生，也只能运动两次到三次,再多就不好找对象了。

他的小说虽然没有写成,却使我想到:近几十年来,在文学作品中,也有一种类似"运动"的情况。

应该申明:在革命历程中,文学作品为宣传服务,平心而论,这是不可避免的,更是不可厚非的。每一个革命时期,每一个革命任务的执行,有些及时的短小的文艺作品加以配合,是理所当然的。这里指的不是这种文艺作品。

这里指的是:作者本来对革命也没有多大热情,对革命的理论和实际,也没有多少理解和实践。他只是为了解脱自己当时的处境,想得到一种飞升,随即揣摩上面的意旨,领会当前的形势,连夜赶制长篇小说,企图一炮打响,一举成名。这种作者的功夫,主要不在艺术,而在揣摩。他的文学修养,也只是读过几本甚至几篇小说,特别是革命历程和本国大同小异的那些国家的小说。记住一些小说程式,人物性格和故事情节,然后加以融会贯通,使之洋为中用。

这种小说的生产,众所周知,主要是为了"爆炸",所以他特别注意的是政治上的应时。而政治有时是讲究实用的,这种小说的出现,如果弄对了题,是很可以轰动一时的。

这种小说,成功以后,还经常伴随着一阵庸俗的社会学:有真人真事作根据呀,时代突出的典型呀,到所写地点参观访问呀，找模特儿听取先进经验呀，顿时举国若狂，像大寨和小靳庄当年造成的声势一样。

因为这种小说，其产生并非根据现实生活，艺术上更没有经得起推敲的素质，不过是应合时尚的中彩之作，所以时间不长，就被证明不是么回事。从它那里吸取的经验，不只不先进，而且用不上，用上就坏事。热闹一阵也就完事了。人们对文艺毕竟是宽容的，不像对大寨经验、小靳庄经验那么认真。作者名利双收之后，却以为这毕竟是一条成功之路，就又去揣摩新的应时的主题去了。

这种小说，就可以叫作"运动文学"。

最早的运动小说，基调多是歌颂，人物多是英雄。"四人帮"时期，登峰造极，英雄人物达到不食人间烟火、毫无个人私欲的程度。最近一个时间，则伴有揭露，或以揭露为基调。人物性格变得复杂化，具备各种情欲，特别是性方面的情欲。但总起来说是个"正派人"，他所反对的不过是那些顽固保守势力。

这可以说是运动小说的第二次运动。但运动来运动去，细心的读者可以看出，"四人帮"时代的小说模式，虽然已经改头换面，而其主题先行一点，确实已经借尸还魂。但这一情况，实际也是运动小说"成功"的契机。

揣摩小说，谈不上什么现实主义，这一方面的有为之士，也很少谈现实主义。现实主义，是反映现实的。而揣摩小说是空中楼阁，是拆烂现实，装潢的西洋镜。

揣摩政治气候的小说，站不住脚，紧跟政治形势的作品，也常常以失败告终。我有一个朋友，他在"文化大革命"之前，经营一部长篇小说。最初的主题是写反右，形势一变，随之改为反左。形势又变，又恢复反右。改来改去，终于把一部小说，改得没有东西了。

以上，并非忽视政治。政治对现实生活，影响巨大。文学作品只能反映现实生活中已经受到的政治影响，而不能把自己对政治的揣摩，罩在生活的上面，冒充现实。

然而，运动小说，还是会运动下去的。

一九八三年四月廿一日

芸斋琐谈

谈 忘

记得抗日期间,在山里工作的时候,与一位同志闲谈,不知谈论的是何题何事,他说:"人能忘,和能记,是人的两大本能。人不能记,固然不能生存;如不能忘,也是活不下去的。"

当时,我正在青年,从事争战,不知他说这种话,是什么意思,从心里不以为然。心想:他可能是有什么不幸吧,有什么不愉快的事,压在他的心头吧。不然,他为什么强调一个忘字呢?

随着年龄的增长,随着经验的增加,随着喜怒哀乐,七情六欲的交织于心,有时就想起他这句话来,并开始有些赞成了。

鲁迅的名文:《为了忘却的记念》,不就是要人忘记吗?但又一转念:他虽说是叫人忘记,人们读了他的文章,不是越发记得清楚深刻了吗?思想就又有些糊涂起来了。

有些人,动不动就批评别人有"糊涂思想"。我很羡慕这种不知道是天生来,还是吃了什么灵丹妙药,一生到头,保持着清水明镜一般头脑,保持着正确、透明的思想的人。想去向他求教,又恐怕遭到斥责、棒喝,就又中止了。

说实话,青年时,我也是富于幻想,富于追求,富于回忆的。我可以坐在道边,坐在树下,坐在山头,坐在河边,追思往事,醉心于甜蜜之境,忘记时间,忘记冷暖,忘记阴晴。

但是,这些年来,或者把时间明确一下,即十年动乱以后,我不愿再回忆往事,而在忘字上下功夫了。

每逢那些年,那些事,那些人,在我的记忆中出现时,我就会心浮气动,六神失据,忽忽不知所归,去南反而向北。我想:此非养身立命之道也。身历其境时,没有死去,以求解脱。活过来了，反以回忆伤生废业，非智者之所当为。要学会善忘。

渐渐有些效果，不只在思想意识上，在日常生活上，也达观得多了。比如街道之上，垃圾阻塞，则改路而行之；庭院之内，流氓滋事，则关门以避之。至于更细小的事，比如食品卫生不好，吃饭时米里有砂子，菜里有虫子，则合眉闭眼，囫囵而吞之。这在疾恶如仇并有些洁癖的青年时代，是绝对做不到的，目前是"修养"到家了。

当然，这种近似麻木不仁的处世哲学，是不能向他人推行的。我这样做，也不过是为了排除一些干扰，集中一点精力，利用余生，做一些自己认为有用的工作。

记忆对人生来说，还是最主要的，是积极向上的力量。记忆就是在前进的时候，时常回过头去看看，总结一下经验。

从我在革命根据地工作，学习作文时，就学会了一个口诀：经、教、优、缺、模。经、教就是经验教训。无论写通讯，写报告，写总结，经验教训，总是要写上一笔的。在很长一段时间里，我们因为能及时总结经验，取得教训，使工作避免了很多错误。但也有那么一段时间，就谈不上什么总结经验教训了，一变而成了任意而为或一意孤行，酿成了一场浩劫。

中国人最重经验教训。虽然有时只是挂在口头上。格言有：前事不忘，后事之师。前车之覆，后车之鉴。书籍有唐鉴，通鉴……所以说，不能一味的忘。

一九八二年七月十四日

谈头条

近年刊物，受官场影响，也讲平衡，对于名次篇目排列，极为用心，并有"双头条"之创造。刊物以作品质量分先后，无可厚非。过去，如《文学》，称为权威刊物，鲁迅系编委之一。即鲁迅所作，也并非一定居首。如果他写的是杂文，那就必须按文体归档，多半排到中后去了。在鲁迅主编的刊物上，从未把自己的作品，列为头条，更不用说儿女们的作品了。他所写的《立此存照》等短文，刊物也真的把它们作为补白，作者编者，均不以此为忤。这当然都是前辈人的老观念。

八十年代，人才众多，出现了一批"头条作家"。这种作家，很像四大须生，四大名旦，只能各自挑班，不能屈尊第二。但因为每期刊物，只能有一个头条，除去运用"双"法之外，就只好轮流坐庄了。作家本身也有办法，轮流投稿。本月为甲刊之头条，下月为乙刊之头条。刊物也乐于重金礼聘，包吃包住，你邀我抢，就像过去名角跑码头一样。

既跻身头条作家的行列，即使给个二条，也会生气不干的。即使写出的是篇拆烂污，也非上头条不可。这就使那些热心的主编们伤神了。

我混迹文坛半个世纪，所作平庸，从未当过名刊的头条。报纸副刊之上，近年容或有之，也不多见。因此养成一个甘居下游随遇而安的习惯，稿件投寄出去，只是希望人家给登出来，至于登在什么地方，是很少考虑的。

前些日子，有一家大刊物的两位副主编，来到舍下，闲谈间，也顺便叫我写点东西。过了两天，我写了一篇说是散文也可，说是小说也凑合，不到一千五百字的小文章，就寄给他们，原以为采用就不错了。谁知道这一次竟大爆冷门，很快收到一位副主编的信，不只认为那是一篇小说，并称之为"短篇佳作"。我想，这是老朋友对我的鼓励，不以为意。

很快又收到他寄来的一份校对完好的清样，说明不要我寄还，只要我保存。在阅读中间，我发现页码非常靠前，实在出于意外，不明究竟，我还问过一位编杂志的同志。他笑了笑说："你的作品发的是头条！"

我想：这还是对我的鼓励。我老了，不常写小说，凭年岁当了个头条。

接到刊物，看了目录，这位同志又向我说：这种措施，叫"双头条"。

又看了编后，又看了下一期编后，才知道头条的全部学问。当然这是新学问。

对于老年人来说，一是感激刊物，感激相识的编辑们。二是，以后千万不要再到这些名人场所里掺和去了，实在没有意思。

一九八六年八月三十日下午

第 5 辑

耕堂读书记

耕堂读书记

《庄子》

在初中读《庄子》,是谢老师教课。谢老师讲书,是用清朝注释家的办法。讲一篇课文,他总是抱来一大堆参考书,详详细细把注解写在黑板上,叫我抄录在讲义的顶端。在学校,我读了《逍遥游》《养生主》《马蹄》《胠箧》等篇。

老实说,对于这部书,我直到现在也没有真正读懂。有一时期,很喜欢它的文字。《庄子》一书,被列入中国哲学的经典著作,当然是很深奥的。我不能探其深处,只能探其浅处。

我以为，庄生在写作时，他也是希望人能容易看懂容易接受的。它讲的道理，可能玄妙一些，但还不是韩非子所称的那种"微妙之言"。微妙之言常常是一种似是而非、可东可西的"大言"，大言常常是企图欺骗"愚昧"之人的。

像《庄子》这样的书，我以为也是现实主义的。司马迁说它通篇都是寓言。庄子的寓言，现实意义很强烈。当然，它善于夸张，比如写大鸟一飞九万里。但紧接着就写一种小鸟，这种小鸟，"腾跃而上，不过数仞而下"，"翱翔蓬蒿之间"，描写得更加具体，更加生动活泼。因为它有现实生活的依据。因此我们看出，庄子之所以夸张，正是为了表现现实生活中的具体细节。在书中这种例子是很多的。他常常用人们习见的事物，来说明他的哲学思想。这种传统，从庄子到柳宗元，我以为是中国散文的非常重要的传统。

前些日子和一位客人谈话，涉及这方面的问题，简记如下：

客：我看你近来写文章，只谈现实主义，很少谈浪漫主义。

主：是的，我近来不大喜欢谈浪漫主义了。

客：什么原因呢？

主：我以为在文学创作上，我们当前的急务，是恢复几乎失去了的现实主义传统。现实主义是古今中外文学创作的主流,它可以说是浪漫主义的基础。失去了现实主义,还谈什么浪漫主义?前些年,对现实主义有误解,对浪漫主义的误解则尤甚,已经近于歪曲。浪漫主义被当成是说大话,说绝话,说谎话。被当成是上天入地,刀山火海,装疯卖傻。以为这种虚妄的东西越多,就越能构成浪漫主义。因此,发誓赌咒,撒泼骂街也成了浪漫主义不可缺少的东西。

我认为浪漫主义虽是文艺思潮史上的一种流派,作为创作方法,浪漫主义必须以现实主义为根基。浪漫主义是从现实主义的基础上升华出来,没有凭空设想的浪漫主义。海市蜃楼的景象,也得有特定的物质基础,才能出现。

客:我注意到,你在现实主义之上也不加限制词。这是什么道理?

主:我以为没有什么必要,认真去做,效果会是一样的。

我们读书,即使像《庄子》这样的书,也应该首先注意它的现实主义成分,这对从事创作的人,是很有好处的。从事哲学研究的人,着眼点可以不同,但也要注意它所反映的历史生活的真实细节,这才是真正的哲学基础所在。

我现在用的是王先谦的集解本,这是很好的读本。他在序中说:

余治此有年，领其要，得三语焉。曰：喜怒哀乐，不入于胸次。窃尝持此，以为卫生之经，而果有益也。

对于这种话，我是不大相信的，至少，很难做到吧！如果庄子本人能够做到这一点，他就不可能写出这样充满喜怒哀乐的文章了。凡是愤世嫉俗之作，都是因为作者对现实感情过深产生的。这一点，与"卫生"是背道而驰的。

这位谢老师，原是新诗闯将，自执教以来，乃沉湎于古籍，对文坛形势现状，非常茫然，多垂询于我辈后生。我当时甚以为怪，现在才悟出一些道理来。

《韩非子》

在读高中一年级的时候，国文老师叫我们每人买了一部扫叶山房石印的王先谦的《韩非子集解》。四册一布套，粉连纸，读起来很醒目，很方便。

老师是清朝的一名举人，在衙门里当了多年幕客。据说，他写的公文很有点名堂。他油印了不少呈文、电稿,给我们作讲义,也有少数他作的诗词。

这位老师教国文,实际很少讲解。在课堂上,他主要是领导着我们阅读。他一边念着,一边说:"点!"念过几句,他又说:"圈!"我们拿着毛笔,跟着他的嘴忙活着。等到圈、点完了,这一篇就算完事。他还要我们背过,期终考试,他总是叫我们默写,这一点非常令人厌恶。我曾有两次拒考,因为期考和每次作文分数平均,我还是可以及格的。但给他留下了不良印象,认为我不可教。后来我在北平流浪时,曾请他介绍职业,他还悻悻然地提起此事,好像我所以失业,是因为当时没有默写的缘故。

其实,他这种教学法,并不高明。我背诵了好久,对于这部《韩非子》,除去记得一些篇名以外,就只记得两句话:其一是:"儒以文乱法,而侠以武犯禁。"其二是:"色衰爱弛。"

说也奇怪,这两句记得非常牢,假如我明天死去,那就整整记了五十年。

我很喜欢我那一部《韩非子》,不知在哪一次浩劫中丢失了,直到目前,我的藏书中,也没有那么一部读起来方便又便于保存的书。

老师的公文作品,一点印象也没有了,不知他从《韩非子》得到了什么启示。当时《大公报》的社论,例如《明耻教战》《十年生聚,十年教训》等篇,那种文笔,都很带有韩非子的风格。老师也常常选印这种社论,给我们作教材,那时正值"九·一八"事变之后。

老师叫我们圈点完了一篇文章,如果还有些时间,他就从讲坛上走下来,在我们课桌的行间,来回踱步。忽然,他两手用力把绸子长衫往后面一搂,突出大肚子,喊道:"山围故国——周遭在啊,潮打空城——寂寞回啊",声色俱厉,屋瓦为之动摇。如果是现在,一定会引起学生的哄笑,那时师道尊严,我们只是默默地听着。有时也感到悲凉,因为国家正处在危险的境地。

以后,我就没有再读《韩非子》,我喜爱的是完全新的革命的文学作品。

直到前些年,我孤处一室,一本书也没有了,才从一个大学毕业生那里,借来两本国文教材。从中,我抄录了韩非子的《五蠹》全篇和《外储说》断片。

韩非子的散文,时时采用譬喻寓言,助其文势。现实生活的材料,历史地理的材料,随手运用,锋利明快,说理透彻。实在是中国古代散文的奇观,民族文化的宝藏。

我目前手下的《韩非子》，是光绪元年，浙江书局据吴氏影宋乾道本校刻，后附顾广圻《韩非子识误》一册。

曹丕《典论·论文》

除去诗，曹丕的散文，写得也很好。他的《典论》，虽然只留下一些断片，但读起来非常真实生动。例如他记郗俭等事，说：

> 颍川郗俭能辟谷，饵伏苓。甘陵甘始亦善行气，老有少容。庐江左慈知补导之术。并为军吏。初，俭之至，市伏苓价暴数倍。议郎安平李覃学其辟谷，餐伏苓，饮寒水，中泄痢，殆至殒命。后始来，众人无不鸱视狼顾，呼吸吐纳。军谋祭酒弘农董芬为之过差，气闭不通，良久乃苏。左慈到，又竞受其补导之术，至寺人严峻，往从问受。阉竖真无事于斯术也。人之逐声，乃至于是。

"逐声"就是庄子说的"吠声"，就是"以耳代目"，这种人有时被称为"耳食之徒"。他们是不进行观察,也不进行独立思考的。在我国,类似这种历史记载是很多见的。

这种社会现象,有时可形成一种起哄的局面,有时会形成一种持续很久的社会浪潮。当它正轰动的时刻,少数用脑子的人,是不能指出它的虚妄的,那样就会担很大的风险。因此,每逢这种现象出现,诈骗者会越来越不可一世,其"功业"几乎可以与刘、项相当。但总归要破灭。事后,人们回想当时狂热情景,就像是中了什么邪一样,简直不值一笑了。

考其原因:在上是封建专制,在下是愚昧无知。这两者又是有关联的。

他所记情状,不是也可以再见于一千多年以后的社会吗?历史长河,滔滔不绝。它的音响,为什么总在重复,如此缺少变化呢?还有他遗令薄葬的文章,《典论》中记述青年时和别人比较武艺的文章,也都写得很好。

曹丕幼年即随魏武征讨,武攻文治,都有经验,阅历既多,所论多切实之言。这些方面,都非公子曹植所能及,被确定为世子,乃是理所当然的事。

他的《典论·论文》,是一篇非常完整,非常透辟,切合文章规律的文论。在这篇论文里,他提出了"文人相轻"这个道理,论列了当代作家,谈到各种文章体裁,提出了"文以气为主"的见解，成为不朽的名论。

创作者触景生情，评论家设身处地，才能相得益彰。曹丕先为五官中郎将，后为皇帝。他把同时代的作家，看作朋友，写起评论来，都以平起平坐的态度出之。所评中肯切实，功过得当。富于感情，低回绵远，若不胜任。《典论·论文》及《与吴质书》等篇，因此传流千古。及至后人，略有官职，便耀威权，所作评论，乃无价值。文人虽有时求助于权威，而权威实无补于文艺。

《三国志·关羽传》

自《春秋》立法，中国历史著作，要求真实和简练。史家为了史实而牺牲生命，传为美谈。微言大义的写法，也一直被沿用。但是，读者是不厌其详的，愿意多知道一些。于是《春秋》之外，有三家之传，而以左氏为胜。司马迁参考《国语》《战国策》等书，并加实地考察，成为一家之言的《史记》，对于人物和环境的描写，更详尽更广阔了。它适应了读者的需要，而使历史与文学，异途同归，树立了史学的典型，并开辟了文学的现实主义道路。

历史强调真实,但很难真实。几十年之间的历史,便常常出现矛盾,众说纷纭,更何况几百年前,几千年之前?历史但存其大要,存其大体而已。

我国的历史,在过去多为官书,成书多在异代。这种做法,利弊参半,一直相沿,至于《清史稿》。

《三国志》在史、汉的经验基础上完成,号为良史,裴松之的注,实际起了很大作用。但历代研究者,仍以志为主据,注为参考。后来,历史演变为文学作品,则多采用裴注,因为这些材料,对塑造人物,编演故事,提供了比较具体生动的材料。

史书一变而为演义,当然不只《三国演义》一书。此外还有《封神演义》,以及虽不用演义标题,实际上也是演义的作品。

演者延也,即引申演变之意。但所演变也必须是义之所含,即情理之所容。完全出乎情理之外,则虽是文学创作,亦不可取。就是说,演义小说,当不背于历史环境,也不背于人物的基本性格。

当然,这一点有时很难做到。文学的特点之一是夸张,而夸张有时是瞒天过海,无止无休的。文学作品的读者,也是喜欢夸张的,常常是爱者欲其永生,憎者恨其不死。在这种形势的推动下，一部演义小说，能适当掌握尺寸，就很困难了。

《三国演义》一书，是逐渐形成的，它以前有《三国志平话》，还有多种戏曲。这部书的故事几乎是家喻户晓的，流传之广，也是首屈一指的。过去，在农村的一家小药铺，在城市的一家大钱庄，案首都有这一部"圣叹外书"。

在旧社会，这部书的社会影响甚巨，仁者见仁，智者见智。谋士以其为智囊，将帅视之为战策。据说，满清未入关之前，就是先把这部书翻译过去，遍赐王公大臣，使他们作为必读之书来学习的，其重要性显然在四书五经之上。

在陈寿的《三国志·蜀志》中，《关羽传》是很简要的：

关于他的为人，在道义方面，写到他原是亡命奔涿郡，与刘、张恩若兄弟，"随先主周旋，不避艰险"，终不负先主。

关于他的战绩，写到在"建安五年，曹公东征，先主奔袁绍，曹公禽羽以归，拜为偏将军"。写到他诛颜良，水淹于禁七军。

关于他的性格，写到诸葛亮来信说马超"犹未及髯之绝伦逸群也"。羽大悦，以示宾客。

关于他与同僚的关系，写到他与糜芳、傅士仁不和，困难时，众叛亲离。

关于他对女人的态度，本传无文字，裴注却引《蜀记》说：

> 曹公与刘备围吕布于下邳，关羽启公，布使秦宜禄行求救，乞娶其妻，公许之。临破，又屡启于公。公疑其有异色，先遣迎看，因自留之，羽心不自安。

关于他的应变能力，写到他因为激怒孙权，遂使腹背受敌，终于大败。他这一败，关系大局，迅速动摇了鼎足的平衡，使蜀汉一蹶不振，诸葛亮叹为"关羽毁败，秭死蹉跌"者也。

陈寿写的是历史，他是把关羽作为一个具体的人来写的。这样写来，使我们见到的是一个既有缺点，又有长处；既有成功，又有失败的活生生的人。我们看到的是真正的关羽，而不是其他的人，他同别的人，明显地分别开来了。我们既然准确认识了这样一个人，就能从他那里得到启发，吸取经验，对他发生真正的感情：有几分爱敬，有几分恶感。

《三国志平话》，关羽个人的回目有六。《三国演义》，关羽个人的回目有十，其中二十五回至二十七回，七十三回至七十七回，回目相连，故事趋于完整。

鲁迅先生在《中国小说史略》里谈及此书时，说："至于写人，亦颇有失，以致欲显刘备之长厚而似伪，状诸葛之多智而近妖；惟于关羽，特多好语，义勇之概，时时如见矣。"

中国旧的传统道德，包含忠孝节义；在历史观念上，是尊重正统。《三国演义》的作者，以人心思汉和忠义双全这两个概念，来塑造关羽这个英雄人物，使他在这一部小说中，占有特别突出的地位。

于是，在文学和民俗学上，就产生了一个奇特现象：关羽从一个平常的人，变为一个理想化的人，进而变为一尊神。

这一尊神还是非同小可的，是家家供奉的。旧时民间，一般人家，年前要请三幅神像：一幅是灶王，是贴在锅台旁边的，整天烟熏火燎；一幅就是关老爷，他的神龛在房正中的北墙上，地势很好；一幅是全神，是供在庭院中的。这幅全神像，包括天地三界的神，有释、道、俗各家，神像分数行，各如塔状。排在中间和各行下面的神像品位最高，而这位关羽，则身居中间最下，守护着那刻着一行大字的神牌，神态倨傲，显然是首席。

在各县县城，都有文庙和武庙。文庙是孔子，那里冷冷清清，很少有群众进去，因为那里没有什么可观赏的，只有一个孤零零的至圣先师的牌位。武庙就是关羽，这里香火很盛，游人很多，因为又有塑像，又有连环壁画，大事宣扬关公的神威。

关羽庙遍及京城、大镇、名山、险要，各庙都有牌匾楹联，成为历代文士卖弄才华的场所。清朝梁章钜所辑《楹联丛话》中，关庙对联，数量最多，有些对联竟到了头昏脑热，胡说八道的田地。

当然，有人说，关羽之所以成为神，是因为清朝的政治需要。这可能是对的。神虽然都是人造出来的，但不经政治措施的推动，也是行之不远的。

幸好，我现在查阅的《三国志》，是中华书局的四部备要本，这个本子是据武英殿本校刊，所以《蜀志》的开卷，就有乾隆皇帝的一道上谕，现原文抄录：

乾隆四十一年七月二十六日内阁奉

上谕：关帝在当时，力扶炎汉，志节凛然。乃史书所谥，并非嘉名。陈寿于蜀汉有嫌，所撰《三国志》，多存私见，遂不为之论定，岂得谓公？

从前曾奉

世祖章皇帝

谕旨，封为忠义神武大帝，以褒扬圣烈。朕复于乾隆三十二年，降旨加灵佑二字，用示尊崇。夫以神之义烈忠诚，海内咸知敬祀，而正史犹存旧谥，隐寓讥评，非所以传信万世也。今当抄录四库全书，不可相沿陋习，所有志内关帝之谥，应改为忠义。第本传相沿日久，民间所行必广，难于更易。著交武英殿，将此旨刊载传末，用垂久远。其官版及内府陈设书籍，并著改刊此旨，一体增入。钦此！

这就不仅是胡说八道，而是用行政方式强加于人了。

至于在戏剧上的表现，关羽也是很特殊的。他有专用的服装、道具；他出场之前，要放焰火；出场后，他那种庄严的神态，都使这一个角色神秘化了。

但这都是文学以外的事了。它是一种转化现象，小说起了一定作用。老实说，《三国演义》一书，虽如此煊赫，如单从文学价值来说，它是不及《水浒》，甚至也不及《西游记》的。

《水浒》《西游记》虽也有所本，但基本上是文学创作，是真正文学的人物形象。而《三国演义》，则是前人所讥评的"太实则近腐""七实三虚惑乱观者"的一部小说。

把真人真事，变为文学作品，是很困难的。我主张，真人真事，最好用历史的手法来写。真真假假，真假参半，都是不好的。真人真事,如认真考察探索,自有很多材料,可写得生动。有些作者,既缺少识见,又不肯用功,常常借助描写,加上很多想当然,而美其名曰报告文学。这其实是避重就轻,图省力气的一种写法,不足为训。

《三国志·诸葛亮传》

本传与小说,出入较大的,还有诸葛亮。小说和戏剧上的诸葛亮,几百年来在群众中,形成了一个固定的形象,即所谓摇羽毛扇的人物。还影响了其他历史小说,几乎各朝各代,在争战交替之时,都有这样一个军师:《封神演义》的姜子牙,《水浒传》的吴用,瓦岗寨起义的徐茂功,明朝开国的刘伯温等等。

诸葛亮在本传里,是一个非常求实的人,是一个实干家。陈寿奉晋朝之命修《三国志》,蜀汉为晋之敌,但他对诸葛亮的评价,我以为还是很客观,实事求是的。他说:

然亮才于治戎为长,奇谋为短。理民之干,优于将略。

综览陈寿所记，诸葛亮的一生，功劳固然很大，失败和无能力之处也不少。最后的失败主要是客观条件所致。诸葛亮的隆中对策，说孙权，前后出师表，高瞻远瞩，文词质朴，情真意诚，叮咛周至，感动百代，成为名文。他死以后，人民哀其处境艰难，大功未竟，敬仰他鞠躬尽瘁的精神。追思怀念，千古不衰。人民愿意看到他在文学艺术上的形象。但《三国演义》和一些戏剧，把这一人物歪曲了。

最失败的是把诸葛亮写成了一个非凡的人。把他写成了一个未卜先知，甚至能呼风唤雨，嘴里不断念念有词的老道，即鲁迅所说近于妖了。

诸葛亮在《后出师表》中，曾对后主反复说明，世事难以逆料，举出当时很多事例，完全是科学态度。

出现如此大的差距，原因是作者有意识把这样一个人物，塑造得更高大，不知不觉走到反面去了。作者对这一人物性格，并没有认真调查研究，作者的学识见解，都不足以创造这样一个人物形象。正如在《水浒传》里，他写在郓城县当一名书吏的宋江，写得很真实生动，到写当了水浒首领的宋江，他就无能为力了。因为他熟悉一个书吏，着实没有体验过一个水泊首领的生活，甚至见都没有见过。于是只能以主观想象出之。宋江和刘备，如出一辙。和他相反，《西游记》的作者写了猴、猪等怪，完全以写人的笔法出之，因此，猴、猪都具备了完整的性格。写唐僧亦如此，所以唐僧颇具人性。《聊斋志异》写狐鬼，成功之道亦在此点。凡是小说，起步于人生，遂成典型；起步于天上，人物反如纸扎泥塑，生气全无。

群众是喜爱英雄的，群众可以按照自己的形象，创造出一个神，但这个神对他们来说，只能起到安慰的作用。群众有高级的心理、情操，也可能有低级的心理、趣味。人可以有作为人的本能，也可以有来自动物的本能。文学艺术，应该发扬其高级，摒弃其低级，文以载道，给人以高尚的熏陶。创造英雄人物，扬厉高尚情操，是文学艺术的理所当然的职责。

其基础是现实的人和生活。

再现历史英雄人物，不是轻而易举的。作者除去学的修养，还要有识的修养，学识浅薄，如何创造英雄人物？在创作准备上，识力不高，则应辅之以学。如研究历史，考察地理民俗，采集口碑遗迹，像司马迁所做的那样，司马迁写了刘、项那样的英雄人物，全从周密的调查研究入手，然后以白描手法，自然出之。

如果不这样做，那么，创造英雄人物，反倒成了很容易的事情。今天，在文学艺术中，假诸葛亮的形象，还是不少的。虽不羽扇纶巾，坐四轮车，但也多是口中念念有词，不断发誓赌咒，一言而天下定的。

一个作者，有几分见识，有多少阅历，就去写同等的生活，同类的人物，虽不成功，离题还不会太远。自己识见很低，又不肯用功学习，努力体验，而热衷于创造出一个为万世师、为天下法的英雄豪杰，就很可能成为俗话说的："画虎不成，反类其犬。"

一九八〇年二月

《曾文正公手书日记》

《曾文正公手书日记》共四十册，四函。宣统元年，上海中国图书公司石印。

前有王闿运序。

一九六二年春天，我寄寓北京锥把胡同河北省驻京办事处，有病不能上街，托张翔同志购得此书，还由中国作家协会开一证明，此盖内部掌握之书也。从书后印记看，此书来自济南，原来定价甚微，一至北京，则加价一倍以上。京师人物荟萃之地，物价亦必随之增长。

浏览一过，亦无甚可观。此人名重，然其书法，实不甚佳。为京官时，似甚用功，间有日课，崇尚理学，所作字或草或楷，并皆庸俗。从所记琐事中，可略见其为人。例如此人用一女婢，写信给他的父亲，声言此女极丑，这有什么必要？其九弟（即曾国荃）在他处寄居时，兄弟颇不和，涉及他的内人婢仆，他写信给家中，引咎自责，均属虚伪。居京官时，常为会馆办些公益事，乡人有婚丧，他去主事，利用这些机会，锻炼办事应对能力，则不无可取。文人厌俗，以致终生不堪任事负重，曾非文士，有这种见解，从小事做起，故以后能担当统治者委托给他的重任。

及至与太平天国作战，本想从日记中看到一些珍贵材料，然记载越发零碎，不得要领。此王闿运所谓，当时与彼共事者能知之，非后人所能知者也。

及任直隶总督，处理天津教案时，所记材料，有些可取。当时朝廷惧洋媚外，他奉旨做些不得人心之事，自叹为"伤天害理"，似尚有天良者。然天良自天良，倒行逆施的行动，并未稍减。

日记中，有当时灾区人肉价目表，读之令人心悸。

我的读书生活

最近,北京一位朋友,独创新论,把我的创作生活,划为四个阶段。我觉得他的分期,很是新颖有意思。现在回忆我的读书生活,也按照他的框架,分四期叙述:

一、中学六年,为第一期。

当然,读课外书,从小学就开始了。在村中上初小,我读了《封神演义》和《红楼梦》。在安国县上高小,我开始读新文学作品和新杂志,但集中读书,还是在保定育德中学的六年。

那时中学,确是一个读书环境。学校收费,为的是叫人家子弟多读些书；学生上学，父母供给不易，不努力读书，也觉得于心有愧。另外，离家很远，半年才得回去一次。整天吃住在学校，不读书，确实也难打发时光。特别是在高中二年，功课不那么紧，自己的学识，有了些基础，读书眼界也开阔了一些，于是就把大部分时间，用在读书上。读书的方式，一是到阅览室看报、看杂志。二是在图书馆借阅书籍。三是少量购买。读书兴趣，初中时为文艺作品，高中时为哲学、政治经济学和新的文艺理论。

中学时期，记忆力好，读过的书，能够记得大概，对后来有用处。

二、毕业后流浪和做事，为第二期。

在北平流浪、做事，断断续续，有三年时间，主要也是读书。逛市场，逛冷摊，也算是读书的机会。有时买本杂志，买本心爱的书，带回公寓看，那是很专心的。后来到安新县同口镇小学教书一年，教务很忙，当一个班的级任，教三个班的课，看两个班的作文，夜晚还得要读些书，并做笔记。挣钱虽少，买书算是第一用项。

三、抗日战争和解放战争，为第三期。

这合起来是十一个年头。读书，也只能说是游击式的，逮住什么就看点什么，说什么时候集合，就放下不读。书也多是房东家的，自己也不愿多带书，那很累人。

在延安一年多，生活比较安定，"鲁艺"有个图书室，借读了一些书。

这十一年中,当然谈不上买书。

四、进城四十多年,为第四期。

进城后,大量买书,已时常记在文字,不细说。其间又分几个小阶段:

初期,还买一些新的文艺书,后遂转为购置旧书。购旧书,先是买新印的;后又转为买石印的,木版的。

先是买笔记小说,后买正史、野史。以后又买碑帖、汉画像、砖、铜镜拓片。还买出土文物画册,汉简汇编一类书册。总之是越买离本行越远,越读不懂,只是消磨时间,安定心神而已。

石印书、木版书,一般字体较大,书也轻便,对老年人来说,已是难得之物,所以我还是很爱惜它们。这些书,没有标点,注释也很简单,读时费力一些,但记得准确。现在,有些古书,经专家注释,本来很薄的一本,一下涨成了很厚的一册。正文夹在注释中间,如沉入大海,寻觅都难。我觉得这是喧宾夺主。古人注书,主张简要,且夹注在正文之间,读起来方便。另外,什么都注个详细,对读者也不一定就好。应该留些地方,叫读者自己去查考,渐渐养成治学的本领。我这种想法,不知当否?

我的读书,从新文艺,转入旧文艺,从新理论转到旧理论,从文学转到历史。这一转化,也不知道是怎么形成的。这只是个人经历，不足为法。

我近年已很少买书，原因是，能买到的，不一定想看；想看的，又买不起。大部头的书，没地方安置，也搬拿不动了。

虽然买了那么多旧书，中国古典散文、诗歌，读得多些。词、曲，读得并不多。特别是宋词，中学时买过一些，现存的《全宋词》《六十名家词》，都捆放在那里，未能细读。元曲也是这样，《六十种曲》《元曲选》，买来都未细读。只是在中学时，迷恋过一阵《西厢记》和《牡丹亭》。这两种剧本，经我手，不知买过多少次。赋也不大喜欢读。近年在读《汉书》时，才连带读上一遍，也记不住了。

人的一生，虽是爱书的人，书也实在读不了多少，所以我劝人读选本。老年，对书的感情，也渐渐淡了，远了。

平生读书是为了增加知识，探求文采。不读浅薄无聊之书，不看下流黄色小说，不在这上面浪费时光。一经发现，便不屑再顾。这绝非欺人之谈。

总之，青年读书，是想有所作为，是为人生的，是顺时代潮流而动的。老年读书，则有点像经过长途跋涉之后，身心都有些疲劳，想停下桨橹，靠在河边柳岸，凉爽凉爽，休息一下了。

一九九二年三月

谈镜花水月

凡是文艺，都要取材。环境有依据，人物也有依据。但一进入作品，即是已经加工过的，不再是原来的环境和人物了。这就像镜花和水月一样，多么逼真，也不是原来的花月了。有些读者，不明此义，常常按图索骥，已近于庸俗社会学。而有些人却听信传言，在文艺作品中，去寻找自己，这不只有悖常识，也常常流于庸人自扰的混乱之境。

文学作品，当以公心讽世为目的。以暴露人家的隐私为目的的作品，被称为黑幕小说，作品、作者，都不足道。明白人更不必去过多注意它的内容，从中探索自己的影子。

曾孟朴的《孽海花》，人物多有依据。书中有实可指者，近二十人。显宦包括张之洞，名流包括李莼客。但在当时以及后来，没有听说有谁，或是谁的后代，出来抗议，说书中某某人，写的就是他，或是他的祖先。因为谁都知道，人物一进入小说，便是虚构，打破镜子摘采花朵，跳进水中捞取月亮，只有傻瓜才肯那样去干。

当然也有例外，那就是赛金花。她不只承认写的就是自己，而且把作家夸大的部分，虚构的部分，都包了下来。因为，这对她来说，都没有坏处，倒有好处。

老实说，近些年，确有一些熟人、朋友的个别事迹，写入了我的文章，但也只是摘取一枝一叶，并不影响我对他们的全部评价。朋友仍然是朋友，熟人照旧是熟人。当然也有的从此就得罪了，疏远了，我是没有办法挽回的。

过去，当政治风雨突然袭击时，有些人对同志，对朋友，无中生有，造谣污蔑，不只使当事者蒙不白之冤，也使他的家属，有血泪之痛。这称之为乘人之危，投井下石，毫不为过。但这种做法，人们习以为常，他本人也会轻易地忘记。

而在太平盛世，天晴气朗之时，别人偶然描绘了一下类似他的嘴脸，伤不了他的半根毫毛，好官自为之，名人自当之，却忍受不了，以为别人不够朋友，刻薄无情，从此要绝交，要打句号。这可以说是我们的社会生活中，多年来形成的一种奇异现象。

其实，目前的环境、周围的关系，绝不会因为他的某一特点，被某一作者采撷了去，会对他产生什么不利的影响。例如，我曾写入杂文"谈迁"中的那个人物，在后来整党的时候，就竟然当上了领导小组的成员。当时在场的人，都还活着，不以为怪。

我有洁癖，真正的恶人、坏人、小人，我还不愿写进我的作品。鲁迅说，从来没有人愿意去写毛毛虫、痰和字纸篓。一些人进入我的作品，虽然我批评或是讽刺了他的一些方面，我对他们仍然是有感情的，有时还是很依恋的，其中也包括我的亲友、家属和我自己。

我是一个很平庸的人，有很多弱点。一生之中，长期漂流在外，对家庭没有负起应尽的责任。自己的不幸遭遇，以及做过的错事、鲁莽事、傻事，都曾使亲人焦虑、感伤。到了晚年，时常自责并无掩饰地写出来，作为临终前的忏悔。

对于别人，交往也好，得罪也好，我已没有什么希求。我从来不愿得罪人，甚至不愿得罪院里的猫和狗，但我不能不写东西。

我过去所写的小说中，也有坏人吧？现在看起来，都很概念。晚年对世事体会深了，偶一触及，便有入木凿石之感，但确实也不愿再写多少了。

一生之中，我得到过的东西很多，有些过分。当然失去的也不少。现在，我已经进入了无欲望状态，不想再得到什么，也没有什么可以害怕失去的了。有人说，老的一代，必都有一种失落感，那恐怕是一些人的推测之词。

一九八八年春

第 6 辑

耕堂书衣文录

耕堂书衣文录（节选）

序

七十年代初，余身虽"解放"，意识仍被禁锢。不能为文章，亦无意为之也。曾于很长时间，利用所得废纸，包装发还旧书，消磨时日，排遣积郁。然后，题书名、作者、卷数于书衣之上。偶有感触，虑其不伤大雅者亦附记之。此盖文字积习，初无深意存焉。

今值思想解放之期，文路广开，大江之外，不弃涓细。遂略加整理，以书为目，汇集发表，借作谈助。蝉鸣寒树，虫吟秋草，足音为空谷之响，蚯蚓作泥土之歌。当日身处非时，凋残未已，一息尚存，而内心有不得不抒发者乎？路之闻者，当哀其遭际，原其用心，不以其短促零乱，散漫无章而废之，则幸甚矣。

一九七九年五月二日灯下记

小说旧闻钞

费慎祥印本，版权页有鲁迅印章。一九七三年十月一日，雨中无事，为家人出纳图书，见此本破碎，且有将干之糊，无用之纸，因为装修焉。

中国小说史略

此书系我在保定上中学时，于天华市场（也叫马号）小书铺购买，为我购书之始。时负笈求学，节衣缩食，以增知识。对书籍爱护备至，不忍其有一点污损。此书历数十年之动荡，仍在手下，今余老矣，特珍视之。凡书物与人生等，聚散无常，或屡收屡散。得之艰不免失之易；得之易更无怪失之易也。此是童年旧物，可助回忆，且为寒斋群书之最长者。

时一九七三年十二月二十一日晚。室内十度，传外零下十四度云。

鲁迅书简（许广平编）

余性憨直，不习伪诈，此次书劫，凡书目及工具书，皆为执事者攫取，偶有幸存，则为我因爱惜用纸包过者。因此得悟，处事为人，将如兵家所云，不厌伪装乎。

此书厚重，并未包装，安然无恙，殆为彼类所不喜。当人文全集出，书信选编寥寥，令人失望。记得天祥有此本，即跑去买来，视为珍秘。今日得团聚，乃为裹新装。

一九七四年一月二日晚间无事记

六十种曲

一九七四年四月十日，于灯下重修，时年六十有二矣。节遇清明，今晨黎明起，种葫芦豆角于窗下，院中多顽儿，不能望其收成也。前日王林倩人送玻璃翠一小盆，放置廊中向阳处，甚新鲜。

下午至滨江道做丝棉裤袄各一件，工料费共七十余元，可谓奢矣。冬衣夏做，一月取货。

又记：时杨花已落，种豆未出，院中儿童追逐投掷，时有外处流氓，手摇大弹弓，漫步庭院，顾盼自雄，喧嚣奇异，宇宙大乱。闭户修书，以忘虎狼之屯于阶前也。

又记：甫从京中探望老友，并乘兴游览八达岭及十三陵归来。

又一九七二年十一月记：书之为物，古人喻为云烟，而概其危厄为：水火兵虫。然纸帛之寿，实视人之生命为无极矣，幸而得存，可至千载，亦非必藏之金匮石室也。佳书必得永传，虽经水火，亦能不胫而走，劣书必定短命，以其虽多印而无人爱惜之也。此六十种曲，系开明印本，购自旧书店，经此风雨多残破，今日为之整修，亦证明人之积习难改，有似余者。

潜研堂文集

昨夜梦回，忽念此书残破，今晨上班，从同事乞得书皮纸，归而装修焉。

一九七四年四月二十四日记

能安身心，其唯书乎！

晚又记

李太白集（国学基本丛书本）

昨日从办公室乞得厚纸，今日为此册包装，见书面题记，此集购于一九五一年冬季，为我进城首置图籍之一。二十五年，三津浮沉，几如一梦。经此大乱离，仍在案头，且从容为之修饰，亦可谓幸矣。

四十年来，惜书如命，然亦随得随失，散而复聚。今老矣，书物之循环往复，将有止境乎？殊难逆料也。有一段时间，余追求线装，此书尘封久。今读书只求方便，不管它什么版本了。

一九七四年四月二十五日下午记

西游记

有友人言，青年人之不知爱书，是因为住处狭小，余颇以为非此。书籍虽非尽神圣，然阅后总应放置于高洁之处，不能因无台柜，即随意扔在床下，使之与鞋袜为伍也。总因不知读书之难。

青年无爱护书籍习惯，书经彼等借阅归来，即如遭大劫，破损污胀，不可形容。青年无购书习惯，更少以自己劳力所获，购置书籍者。其所阅书，多公家发给，以为日用品，阅后即随便抛掷。即使借自他人，亦认为无足轻重也。

一九七四年四月

此皆小说也，而未失去，图章之力乎？此所谓自我失之，自我得之矣。

所感甚多，因作书箴：

淡泊晚年，无竞无争。抱残守缺，以安以宁。唯对于书，不能忘情。我之于书，爱护备至：污者净之，折者平之，阅前沐手，阅后安置。温公惜书，不过如斯。

勿作书蠹，勿为书痴。勿拘泥之，勿尽信之。天道多变，有阴有晴。登山涉水，遇雨遇风。物有聚散，时损时增。不以为累，是高水平。

风云初记

一九七四年七月二日下午，淮舟持此书来。展读之下，如于隔世，再见故人。此情此景，甚难言矣。著作飘散，如失手足，余曾请淮舟代觅一册，彼竟以自存者回赠，书页题字，宛如晨星。余于所为小说，向不甚重视珍惜。然念进入晚境，亦拟稍做收拾，借慰暮年。所有底本，今全不知去向，出版社再版，亦苦无依据，文字之劫，可谓浩矣。尚不如古旧书籍，能如春燕返回桂梁也。

当时批判者持去，并不检阅内容，只于大会发言时，宣布书名，即告有罪。且重字数，字数多者罪愈重。以其字多则钱多，钱多则为资产阶级。以此激起群众之"义愤"，作为"阶级斗争"之手段。尚何言哉。随后即不知抛掷于何所。今落实政策，亦无明确规定，盖将石沉大海矣。

呜呼！人琴两亡，今之习见，余斤斤于斯，亦迂愚之甚者矣。收之箱底，愿人我均遗忘之。

四日上午记

天方夜谭（文言译本）

此书购自天祥市场，摊贩配全者也。多年来竟未抛失。白话译本，余于青岛见之，彼时养病，未暇及此。此次阅读数篇。人生怪事，何必天方？年老不愿读小说，非必认小说为谎言也。人陷于情欲，即如痴如盲，孽海翻腾，尚以为风流韵事也。

此书数次借与同院少年，然彼等实不能读。但弄污后，我必再为修理，不以为苦，反以为乐耳。

一九七四年七月十三日

海上述林（上卷）

余在安新县同口镇小学任教时，每月薪给二十元，节衣缩食，购置书籍。同口为镇，有邮政代办所，余每月从上海函购新出版物，其最贵重者，莫如此书。此书出版，国内进步知识分子，莫不向往。以当时而论，其内容固不待言，译者大名，已具极大引力；而编者之用心，尤为青年所感激；至于印刷，空前绝后，国内尚无第二本。余得到手，如捧珍物，秘而藏之，虽好友亦吝于借观也。

一九三七年暑假，携之归里。值抗日烽火起，余投身八路军。家人将书籍藏于草屋夹壁，后为汉奸引敌拆出，书籍散落庭院。其装帧精致者均不见，此书金字绒面，更难幸脱，从此不知落于何人之手。余不相信身为汉奸者，能领略此书之内容，恐遭裂毁矣。其余书籍，有家人用以烧饭者，有换取熟肉、挂面者，土改时遂全部散失。余奔走四方，亦无暇顾念及此。

一九四九年冬季进天津，同事杨君管接收，一日同湘洲造彼，见书架上插此书两册。我等从解放区来，对此书皆知爱慕而苦于不可得。湘洲笑顾我曰：还不拿走一本！我遂抽出一本较旧者，杨君笑置之。即为此册。

后，余书增多，亦不甚注意。且革命不断，批判及于译者，此书已久为人所忘，青年人或已不知此曾赫赫之书名。世事之变化无常，于书亦然乎？

昨晚检出修治。偶见文中有"过时的人物"字样，深有所感。

青年时唯恐不及时努力，谓之曰"要赶上时代"，谓之曰"要推动时代的车轮"。车在前进，有执鞭者，有服役者，有乘客，有坠车伤毙者，有中途下车者，有终达目的地者。遭遇不同，然时代仍奋进不已。

回忆在同口教书时，小镇危楼，夜晚，校内寂无一人。荧荧灯光之下：一板床，床下一柳条箱。余据一破桌，摊书。苦读，每至深夜，精神奋发，若有可为。至此已三十九年矣。

今日用皮纸粘连此书前后破裂处，并糊补封套如衲衣，亦不觉夜深。当初购置此书之人，尚在人间乎？

一九七四年十二月二十九日记

藕香零拾丛书第六册

梦中屡迷还乡路，愈知晚途念桑梓。

版本通义

昨日大雪，今晨小散来约午饭。余持杖行，马路结冰，行人车辆皆兢兢，而儿童在中间纷乱滑行，或遇小学生持铲破冰，交通益阻塞。余谨步慢行，一小时始至梁家。所陪客皆一九三八年所识，抚今思昔，不胜感慨。归来时，天晴冰化，一路泥水，然往返无失，又证年轻时走步锻炼之有素矣。下午检此书翻阅。

一九七五年一月二十四日晚记

诸子平议

此即清代之学术。学者竭毕生之力而为之。今日读之，昏然欲睡。余购此类书，不下数种，将长期废置矣。

一九七五年一月二十五日下午记

钦定元王恽承华事略补图

余购置旧籍，最初按照鲁迅日记中之书账，按图索骥，颇为谨慎。后遂泛滥，漫无系统。鲁记中有此书名，然无补图字样，不知究系此本否。今已忘记此书来处，定价颇昂，似钦定原本，内府所出，纸墨甚佳。至于补图，余以外行，不能领略其妙处。看列表诸馆臣名，已系清之末年。国事日非，空存形式，敷文偃武，均成点缀耳。

一九七五年一月二十七日下午装讫记

夷坚志

书之遇，亦如人之遇。书在我室，适我无事，珍惜如掌上明珠，然此一时之遇也。一出我室，命运便难以设想。即在同一人手下，心情有变，亦会捆而售之收破烂者。然即此亦一时之遇也。

一九七五年一月二十八日上午装讫记

北游录

一九七五年三月五日晚装。传言七日将地震，家人为余相度避身之地：一床下，一书桌下。床下必平躺，桌下必抱膝。一生经历，只此一着，尚未品尝也。

"今日文化"

这是和平环境，这是各色人等，自然就有排挤竞争。人事纷纭，毁誉交至。红帽与黑帽齐飞，赞歌与咒骂迭唱。严霜所加，百花凋零；网罗所向，群鸟声噤。避祸尚恐不及，谁肯自投陷阱？遂至文坛荒芜，成了真正无声的中国。他们把持的文艺，已经不是为工农兵服务，是为少数野心家的政治赌博服务。戏剧只有样板，诗歌专会吹牛，绘图人体变形，歌曲胡叫乱喊。书店无书，售货员袖手睡去。青年无书，大好年光虚度。出版的东西，没人愿看。家家架上无自购之书，唯有机关发放之本。转日破烂回收，重新返回纸厂。如此轮回，空劳人力。

一九七五年五月又记

铁木前传

此四万五千字小书，余既以写至末章，得大病。后十年，又以此书，几至丧生。则此书于余，不祥之甚矣。然近年又以此书不存，颇思得之。春节时，见到林呐同志，嘱其于出版社书库中，代为寻觅。昨日，林以此本交人带来，附函喻之以久别之游子云："当他突然返回家乡时，虽属满面灰尘，周身疮痍，也不会遭遇嫌弃的吧？"盖所找到之书，因弃掷过久，脏而且破，几与垃圾同朽矣。

呜呼，书耳，虽属上层建筑，实无知之物。遭际于彼，并无喜怒。但能反射影响于作者，而作者非谓无知无情。世代多士，恋恋于斯，亦可哀矣。

一九七五年四月十二日耕堂识

营造法式

一九七五年四月十四日，余晨起扫除昨日李家冲刷下之煤灰，不断弯腰，直立时忽觉晕眩，脚下绵软。上班后，小路劝到医务室。心脏主动脉第二音亢进，为血管硬化之征。吴大夫给药。

忆明日为亡妻忌日，泉壤永隔，已五年矣。余衰病如此，不堪回首之思矣。

西域之佛教

昨夜梦见有人登报，关心我和我之工作，感动痛哭，乃醒，眼泪立干。

一九七五年四月二十七日晚记

小约翰

此鲁迅先生译文之原刊本。我青年时期，对先生著作，热烈追求，然此书一直未读。不认真用功，此又一证。此本得之天祥市场，似李君家物。大概转多手而致污损，非经多人热心阅读也。前借给同院一青年，以无兴趣而归还。先生当时，如此热爱这本书，必有道理。今日为之装新，并思于衰老之年，阅读一遍，以期再现童心，并进入童话世界。

一九七五年五月十四日下午记

六朝墓志菁英二编（罗振玉印本）

余幼年未认真习字，及至壮年，文字为活，虽有时以字体不佳为惭，偶尔练习，不能持久。购进字帖多种，即兴临摹，终无进步，然阅览稍多，乃知余字之最大缺点为不端正。近日书写，力求形体端正，不及他务。老年能写端正字，虽儿童之应有，但积习难改，仍当随时观览字帖，藉牢记字之结构状态也。

一九七五年五月二十日

缶庐近墨第一集

向阳大院，两妇女为盖小屋，争地吵闹不休。余今日挂老缶篆联于室，又包装此旧书。余囿居此院，二十有五年。初进院时，房屋庄严，院中清整，小河石山，花木繁盛，后住户日多，不爱公房公物，室内院中，渐呈破败，然尚未大坏。一九六六年，南市氓童，成群结队，上屋顶，入地下，凡有铜铁可偷走卖钱者，大事掠劫。屋瓦颓破，顶生茂草，院中花树，攀折刨损，一株不留。然假山小河，以其坚固，尚未动也。今年地震两次，兴造临建，遂移山倒海，断笋石为台阶，碎太湖石填地基，顿时河平山削。各式小屋堆砌连结，掩影曲折，几无行人之路。而原有住房，漏雨透风，无人修理。地虽已不震，而争地盗料，大事扩充，损公肥私，如入魔途，不知其返。向阳大院之委员、主任，表现尤甚。呜呼，名为向阳，其实向阴，此世界之所以永不得安宁欤？

一九七六年

词科掌录

从书纸看：此书曾掷弃于泥污，又经爱书者精心装潢。二百年间，不知几经浮沉矣，又历寒斋一劫。

明清藏书家尺牍

一九六五年二月，时妻病入医院，心情颇痛。京中寄此残书来,每晚修整数页,十余日方毕。年过五旬,如此情景,以前梦中,无此遭际。

雨水

时有所感:青春远离,曾无怨言,携幼奉老,时值乱年。亲友无憾,邻间无间。晚年相随,我性不柔,操持家务,一如初娶。知足乐命,安于淡素。

一九六五年二月十九日晚

乐府诗集

余阅各书前之出版说明,多文字繁赘,不能简明,读之为苦,不知为何等人所拟稿也。

昨夜忽拟自订年谱,然又怯于回忆往事。不能展望未来,不能抒写现实,不能追思过去。如此,则真不能执笔为文矣。

一九七五年五月三十一日

封氏闻见记(雅雨堂原刊本)

此书得之于北大关冷巷中。一中年人,貌甚不扬,陈书于地,背墙而坐,潦倒殊甚。人无他技以求生活,几近于乞者矣。余之庸碌,本与彼等,今幸能优游闾巷,阅书地摊,则遭逢一时之不同耳。今天津无此冷清之地，亦无此冷清之人矣。

今日国庆，庭院如市，街上人如潮涌，家人外出，余仍整旧籍，念冷巷书友，不知其下场如何。

一九七五年

古今小说

有一年不外出散步，今日午睡起，食柿子一枚，觉腿脚有力，仍到胜利路一带，车辆增多，污秽如故，择路而行，小心瓦砾。此种散步，不如闭户。

一九七五年十一月十日

小沧浪笔谈

此大人物之著作也，装腔作势，为圣人天子立言。此人名声，如此煊赫，以其所居官大也，余殊不见其诗与文之佳处。同为"文达"，其文笔不及纪晓岚远矣。

一九七五年十一月二十一日下午

茶香室丛钞

昨日清晨，将所养小鸟一只，开笼释放。彼将奋志飞去，不失方向，觅得山林同类乎；或将遭遇强暴，冻死中途乎，余不得而知矣。总之，彼已结束此一次罗网之惨祸，笼牢之悲苦矣。笼居，日有饮食，且免猫噬鹰攫等危，然彼固不愿也。同群之思，山林之想，无时不萦于怀。每闻同声，则啾唧触笼以求之，状至可悯。今一旦自由，虽死不反顾。余知其必能归至旧巢，迎日光而鸣也。

张去农场，用五角钱买得一只大山雀。捕鸟者谎之曰：此名为"美鸟"，乃捕来"出口"者。张请其选一善鸣者。而此鸟殊不能鸣，其声"吱吱"如鼠叫，性且不驯，抛费食粮，余故放之。

一九七五年十一月二十二日

祝京兆法书

余近感：老年人多颠倒，语多重复。心有一念，顽不能散，一说再说，他人烦厌，而己不知。表现于文字亦如此。余青年时写作，一作之中，即使数十万言，无一重复语，似通盘背诵得过。今则不然，旬月之间，所题语言，即多重复。新枝不生，旧根盘结，此所谓生机渐消乎？

一九七五年十二月二十七日

寒夜丛谈

去年此时,一小鸟扑入室内,方思永伴,又受惊一逝不返。余在青岛时,伫立海滨,见海鸥忽下浴于海水,忽上隐于云端,其赴如恋,其决如割。痴心相系,情思为断。小钟滴嗒,永志此缘。

一九七六年一月二十一日

春秋左传

余每于黉夜醒来,所思甚为明断。然至白昼,则为诸情困扰,犹豫不决,甚至反其正而行之,以致言动时有错误,临险履危,不能自返,甚可叹也。余如能坚持夜间之明,消除白昼之暗,则过失或可稍减欤。

一九七六年三月四日灯下老荒记

诗品注

地大震,屋未塌,书亦未损,余现亦安,能于灯下修书,可知命立身矣。

一九七六年九月十一日

第 7 辑

谈 美

谈 美

小序

日前有西北大学研究生李君来舍下,询作品何以如此之美。余告以拙作无可谈者,过誉之词不可信。然感君远道而来,愿将平日想到有关艺术与美之问题,竭诚以告。李君别后,乃就谈话时自记提纲,条列为下文。

一

文、音、美、剧及其他,综合而称为艺术。凡是艺术,都应该是美的。艺术与美,可以说是同义语。这种美,包括形象和思想,即内容与形式两个方面,而且必然是统一的,没有美，则不能称为艺术。

二

艺术的美，是生活的再现。因此，生活是美的基础，可以说没有生活就没有美。但生活的美，并不等于艺术的美。艺术之美，是经过创造的。所以说，既是艺术家，就应该是创造美的人。

三

人稍有知识，即知分妍媸，辨善恶，而美与善连，恶与丑结，不可分割。在理学家讲，这是良知；在佛经上讲，这叫善知识。艺术上的创造，亦与此相同。

四

艺术家的特异功能，不在于反映，而在于创造。不在于揭示众口之所称为美者、善者，是在能于事物隐微之处，人所经常见到而不注意之处，再现美、善；于复杂、矛盾的人物性格之中，提炼美、善。

五

艺术家所创造之美，一经完成，即非生活中的东西，而成为"人间天上"的东西。曹雪芹所创造之林黛玉，即梅兰芳亦不能再现之于舞台。但林之形象、性格、语言，又能经常于日常生活之中，芸芸众生之中，见到其一鳞一爪。此一个性，伴社会生活、历史演变，而永生。此艺术之可贵，亦艺术之难能也。

六

必经创造，才能产生艺术之美。凡单纯模拟自然、模拟生活、模拟人物、模拟他人之作品，皆不能产生艺术之美，亦不得称为创作。

七

然艺术家必须经过模拟之阶段，实即观察、体验之阶段。天下未有不经过此阶段，而成为艺术家者也。观察愈细，体验愈深，则其创造成功之可能性愈大，其艺术成就亦愈高。

八

任何艺术，都要先求形似，此为初级阶段；然后，再求神似。神形兼备，巧夺天工，则为高级阶段矣。然非人人皆能达到也。

九

人皆知爱美，而艺术家对美的追求、探索，尤其强烈、执著，不同于一般。有的且近狂热，拼以身命，以求美之发挥。具备此种为美献身之狂热精神者，常常得成为艺术家。

十

美不是静止固定的东西。凡艺术,皆贵玄远,求其神韵,不尚胶滞。音乐中之高山流水,弦外之音,绕梁三日,皆此义也。艺术家于生活静止、凝重之中,能作流动超逸之想,于尘嚣市声之中,得闻天籁,必能增强其艺术的感染力量。

十一

所谓美学,即研究艺术美之学,不能离开艺术。美学属于哲学范畴,是哲学一个门类。它不是艺术现象的琐碎研究,而是探求美在创作实践中的规律。

十二

哲学是艺术的思想基础,指导力量。凡艺术家,都有他自己的根深蒂固的哲学思想,作为他表现社会,展示人生的基础。这就是一个艺术家或作家的人生哲学。

十三

作家的人生哲学,非生而知之,乃后天集学习、经历、体验而得。有的乃经过人生之一劫而后得之,《红楼梦》作者是也。虽经一劫,然又不失其赤子之心,反增强其祝福人类、改良社会之热诚与愿望,托尔斯泰是也。即使其哲学思想,并非对症之良药,然其真诚的无私之心,追求善美之勇,不可忽视。至于其艺术形象之美，婉约曼丽，容光照人，则更不能忽视之矣。

十四

美既是现实，也是理想。艺术所表现者，则为现实与理想之结合。古代美术之美，多与宗教理想相结合，然细观之，亦与社会理想相结合也。

十五

艺术与社会风尚、社会伦理、社会道德，关系至巨。凡为人生而努力的艺术家，无不注全力于此。美即真与善之结合，无真诚，无善念，尚有何美可言？故历来艺术家，都是在人伦道德上，富有修养的人。虚伪者，或能取巧于一时，终不能成为艺术家。

十六

艺术中表现之伦理道德，非说教也。艺术家长期作艺术技巧的习练，至于成熟；对人生社会，又作长期之观察、思考，熟虑于心。然后两相结合，得成为艺术。以艺术之力，感染人心，既深且永，故谓之潜移默化。

十七

艺术家创造出美的形象，以之美化人类的心灵，使之向善，此即谓之美育。中国古代，即知以艺术教化人民。最初注重音乐、诗歌，以后泛及戏剧、小说。"五四"前后，蔡元培先生提倡美育甚力，社会风靡从之。然此旨后不得继。学校偏重智育，音乐美术之课，形同虚设。美育废弛，必然影响德育。

十八

凡能创造美的艺术家，其学习起点必高。所见所习者既高，因此能对庸俗下流者，不屑一顾。如起点甚卑，则易同流合污矣。现代一些老的艺术家，其起步多在三十年代之初，师承鲁迅现实主义之教，投身中国革命洪流，根柢甚厚。其积累之经验，可为后代言传身教者，当亦不少。

十九

凡拈花惹草，搔首弄姿，无病呻吟者，虽名为艺术家，然究不能创造真正的美。吟风弄月，媚悦世俗，皆属于东施效颦之列，因其不得国风之正也。

二十

凡虚张声势，大言欺人，捏造事实，迎风而上者，虽号称艺术家，亦不能创造真正之美。以其乃吹气球、变戏法的技巧，实非艺术的技巧也。

二十一

艺术家必注重艺术情操的修养,然后才能创造出美。艺术情操的修养,包括道德修养以及对国家、民族、时代的热诚和责任感。无此热诚及责任感者,终不能成为真正的艺术家。

二十二

要想成为真正的艺术家,在其学习创作之始,就要力求表现高尚的东西,即高尚的人物及其思想。投身革命的、进步的潮流之中,熏陶而锻冶自己的思想感情,以期与时代及人民,亲密无间。

二十三

美有个性,美有品格。凡艺术,除表现时代、社会的风貌外,亦必同时表现作者的品格、气质、道德的风貌。

二十四

凡艺术家,长期积累之后,乃进行创作。创作之时,全神贯注,与作品中人物形随神交,水乳交融,就可能创造出美的境界。但当时他所注意的只是真不真,并没有考虑不美。美乃自然形成,非有意造作,以炫耀于观众也。至于一些对文学作品的赞美之词,"如诗如画","行云流水"等等,乃出自后来读者之口,非作者写作时有意追求也。凡创作之前,先存

"造美"之念者，其结果多弄巧成拙，益增其丑。

二十五

凡艺术，乃人为之功，非天才之业也。投机取巧者，可以改弦易辙矣。

一九八二年二月十六日下午改讫

谈铁凝的《哦,香雪》

收到你的信和寄来的《青年文学》。国庆节以后,我先是闹了几天肠炎,紧接着又感冒,咳嗽很厉害,夜晚不能安睡。去年这时,好像也这样闹过一次。人到老年,抵抗力太差了。

刊物一直放在案头上,唯恐叫孩子们拿走。今晚安静,在灯下一口气读完你的小说《哦,香雪》,心里有说不出的愉快。这篇小说,从头到尾都是诗,它是一泻千里的,始终一致的。这是一首纯净的诗,即是清泉。它所经过的地方,也都是纯净的境界。

读完以后,我就退到一个角落里,以便有更多的时间,享受一次阅读的愉快,我忘记了咳嗽,抽了一支烟。我想:过去,读过什么作品以后,有这种纯净的感觉呢,我第一个想到的,竟是苏东坡的《赤壁赋》。

我也算读过你的一些作品了。我总感觉,你写农村最合适,一写到农村,你的才力便得到充分的发挥,一写到那些女孩子们,你的高尚的纯洁的想象,便如同加上翅膀一样,能往更高处、更远处飞翔。

是的,我也写过一些女孩子,我哪里有你写得好!在农村工作时,我确实以很大的注意力,观察了她们,并不惜低声下气地接近她们,结交她们。二十多年里,我确实相信曹雪芹的话:女孩子们心中,埋藏着人类原始的多种美德!这些美好的东西,随着她们的年龄增长,随着她们的为生活操劳,随着人生的不可避免的达尔文规律,逐渐减少,直至消失。我,直到晚年,才深深感到其中的酸苦滋味。

在农村,是文学,是作家的想象力,最能够自由驰骋的地方。我始终这样相信:在接近自然的地方,在空气清新的地方,人的想象才能发生,才能纯净。大城市,因为人口太密,互相碰撞,这种想象难以产生,即使偶然产生,也容易夭折。

你如果居住在一个中小城市,每年有几次机会,到偏远的农村去跑跑,对你的创作,将是很有利的。我希望能经常读到你这种纯净的歌!

一九八二年十二月十四日

贾平凹散文集序

我同贾平凹同志,并不认识。我读过他写的几篇散文,因为喜爱,我发表了一些意见。现在,百花文艺出版社要出版他的散文集了,贾平凹来了两封信,要我为这本集子写篇序言。我原想把我发表过的文章,作为代序的,看来出版社和他本人,都愿意我再写一篇新的。那就写一篇新的吧。

其实,也没有什么新鲜意思了。从文章上看(对于一个作家,主要是从文章上看),这位青年作家,是一位诚笃的人,是一位勤勤恳恳的人。他的产量很高,简直使我惊异。我认为,他是把全部精力,全部身心,都用到文学事业上来了。他已经有了成绩,有了公认的生产成果。但我在他的发言中或者通信中,并没有听到过他自我满足的话,更没有听到过他诽谤他人的话。他没有否定过前人,也没有轻视过同辈。他没有对中国文学的传统,特别是"五四"以来的现实主义传统,发表过似是而非的或不自量力的评论。他没有在放洋十天半月之后,就侈谈英国文学如何、法国文学又如何,或者东洋人怎样说,西洋人又怎样说。在他的身旁,好像也没有一帮人或一伙人,互相吹捧,轮流坐轿。他像是在一块不大的园田里,在炎炎烈日之下,或细雨蒙蒙之中,头戴斗笠,只身一人,弯腰操作,耕耘不已的青年农民。

贾平凹是有根据地,有生活基础的。是有恒产,也有恒心的。他不靠改编中国的文章,也不靠改编外国的文章。他是一边学习、借鉴,一边进行尝试创作的。他的播种,有时仅仅是一种试验,可望丰收,也可遭歉收。可以金黄一片,也可以良莠不齐。但是,他在自己的耕地上,广取博采,仍然是勤勤恳恳,毫无怨言,不失信心地耕作着。在自己开辟的道路上,稳步前进。

我是喜欢这样的文章和这样的作家的。所谓文坛,是建筑在社会之上的,社会有多么复杂,文坛也会有多么复杂。有各色人等，有各种文章。作家被人称做才子并不难，难的是在才子之后，不要附加任何听起来使人不快的名词。

中国的散文作家，我所喜欢的，先秦有庄子、韩非子，汉有司马迁，晋有嵇康，唐有柳宗元，宋有欧阳修。这些作家，文章所以好，我以为不只在文字上，而且在情操上。对于文章，作家的情操，决定其高下。悲愤的也好，抑郁的也好，超脱的也好，闲适的也好。凡是好的散文，都会给人以高尚情操的陶冶。王羲之的《兰亭集序》，表面看来是超脱的，但细读起来，是深沉的，博大的，可以开扩，也可以感奋的。

闲适的散文，也有真假高下之分。"五四"以后，周作人的散文，号称闲适，其实是不尽然的。他这种闲适，已经与魏晋南北朝的闲适不同。很难想象，一个能写闲适文章的人，在实际行动上，又能一心情愿地去和入侵的敌人合作，甚至与敌人的特务们周旋。他的闲适超脱，是虚伪的。因此，在他晚期的散文里，就出现了那些无聊的、烦絮的、甚至猥亵抄袭的东西。他的这些散文，就情操来说，既不能追踪张岱，也不能望背沈复。甚至比袁枚、李渔还要差一些吧。

情操就是对时代献身的感情，是对个人意识的克制，是对国家民族的责任感，是一种净化的向上的力量。它不是天生的心理状态，是人生实践，道德修养的结果。

浅薄轻佻，见利而动，见势而趋的人，是谈不上什么情操的。他们写的散文，无论怎样修饰，如何装点，也终归是没有价值的。

我不敢说阅人多矣，更不敢说阅文多矣。就仅有的一点经验来说，文艺之途正如人生之途，过早的金榜、骏马、高官、高楼，过多的花红热闹，鼓噪喧腾，并不一定是好事。人之一生，或是作家一生，要能经受得清苦和寂寞，经受得污蔑和凌辱。要之，在这条道路上，冷也能安得，热也能处得，风里也来得，雨里也去得。在历史上，到头来退却的，或者说是销声敛迹的，常常不是坚定的战士，而是那些跳梁的小丑。

一九八二年六月五日晨起改讫

《尺泽集》后记

尺泽二字，引自古书，其义甚明，就不再作什么解释了。

尺泽虽小，希望它是清澈的，没有污染的。它是从我的心泉里流出来的，希望能通向一些读者的心田里去。

希望在它的周围，能滋生一片浅草，几棵小树。能为经过这里的，善良的飞鸟和走兽，春燕或秋雁，山羊或野鹿，解一时之渴，供一席之荫。

希望它不要再遭到强暴的践踏，风沙的掩盖，烈日的蒸煮。蚊蚋也不要飞舞其上，孑孓其中。

在历史上，它是有过这种不幸的遭遇的。前些年，才又遇到一场春雨，使它复苏。因此，它特别珍惜自己的存在，珍惜自己的余生。

因为是水，是有源泉的水，是清澈的水，凡是经过这里，投影其中的，都可以显现自己的面目。妍者自妍，媸者自媸。它是没有选择的，一视同仁的。

它的存在，年深日远，它确实有些疲倦了。它不愿再与任何事物，作使自己也使别人无聊的纠缠。

总之，在它的容纳之中，都是小的、浅的、短的和近的。江海之士，浏览一下，就会失望而去的。

末附三十年代，我习作的两篇文艺论文，分别由两位青年朋友，从旧杂志报章抄录而来。三十年代之初，我读了不少社会科学的书籍，因之热爱上接近这一科学的文艺批评。并且直到现在，还不改旧习，时常写些这方面的，不登大雅之堂的文章，为权威者笑。读者看过这两篇短文，也就可以知道，尺泽源流之短浅，由来已久，不足为怪矣！

一九八二年七月四日下午大热，闻雷声。

我和《文艺周刊》

　　记得一九四九年进城不久,天津日报就创办了《文艺周刊》。那时我在副刊科工作,方纪同志是科长,《文艺周刊》主要是由他管,我当然也帮着看些稿件。后来方纪走了,我也不再在副刊科担任行政职务,但我是报社的一名编委,领导叫我继续看《文艺周刊》的稿件。当时邹明同志是文艺组的负责人,周刊主要是由他编辑。

　　报纸的副刊,是报纸的组成部分,大政方针,都由总编室定。我虽然负责看稿选稿,但最后还要送给一名副总编审定。我记得当时担任过副总编的林间同志、李克简同志,都审阅过《文艺周刊》的稿件。我是报社的一员,对领导是尊重的,很少因为对稿件的不同看法,取舍改动,闹过什么意见。当然,领导也是尊重我的意见的。后来我病了,稿子也就看不成了,文艺组的负责人,也屡经变动。"文化大革命"以后,《文艺周刊》复刊,我就再也没有管过。

  现在有的同志,在文字中常常提到,《文艺周刊》是我主编的,是我主持的,有的人甚至说直到现在还是由我把持的,这都是因为不了解实际情况的缘故。至于说我在《文艺周刊》,培养了多少青年作家,那也是夸张的说法,我过去曾写过一篇小文:《成活的树苗》,对此点加以澄清,现在就不重复了。人不能贪天之功。现在想来,《文艺周刊》一开始,就办得生气勃勃,作者人才济济,并不是哪一个人有多大本领,而是因为赶上了解放初期那段好时候。

  但我看过一段时间的稿子,这是事实。看稿的时间也不算太短,看稿期间,有机会结识了不少有才华的青年作者,直到现在还维系着感情,这也是无须讳言的。对这个刊物,我是有感情的,也花费过一些时间,付出过一些心力。现在可以提起一点:凡是当时我选用的稿子,不只发表以前仔细看;见报以后,我还要仔细看一遍,看看有无排错,别人有无改动。

我也在《文艺周刊》，发表了不少创作，特别是《风云初记》，前前后后，占了周刊不少版面。

按照当时的情况，本来也可以拿到别处去发表，但因为我是随写随发，《文艺周刊》就成了近水楼台。我觉得这样校阅方便。当时有人提出意见，领导上也曾考虑，把这部小说移到拟议中的"月刊"发表，但月刊未能出版，就勉强登完了小说的大部。

我做工作，向来萍踪不定，但不知为了什么，在天津日报竟一呆就是三十多年，迄于老死。虽然呆了这么多年，对于自己参加编辑的刊物，也只是视为浮生的际会，过眼的云烟，并未曾把精力和感情，胶滞在上面，恋恋不舍。更没有想过在这片园地上，插上一面什么旗帜，培养一帮什么势力，形成一个什么流派，结成一个什么集团，为自己或为自己的嫡系，图谋点什么私利，得到点什么光荣。

现在，《文艺周刊》快出到一千期了，李牧歌同志要我写点什么，谈点希望。作为一家地方报纸的文艺副刊，出版到了一千期，中间虽经过十来年的停顿，也算是很不容易的事了。首先应该向它祝贺！其次：

一、《文艺周刊》应该永远是一处苗圃。就是说，应该着重发表新作者的作品，应该有一个新作者的队伍。一旦这些新作者，成为名家，可以向全国发表作品了，就可以从这里移植出去，再栽培新的树苗，再增添新的力量。这个刊物，不要企图和那些大型刊物争夺明星，争登名作。因为它是个小刊物，没有那么大的竞争力，不可能办名花展览。当然，有些作家，原来在这里发表习作，后来成为名人，还愿意为它继续写稿，以隆旧谊，当然很欢迎。否则，就不必勉强。

二、物以类聚，文以品聚。虽然是个地方报纸副刊，但要努力办出一种风格来，用这种风格去影响作者，影响文坛，招徕作品。不仅创作如此，评论也应如此。如果所登创作，杂乱无章，所登评论，论点矛盾，那刊物就永远办不出自己的风格来。

三、这是一个强调现实主义的文艺刊物。它欢迎有生活、有感受，手法通俗，主题明朗，切切实实的文艺作品。张而皇之的，不中不西的，胡编臆造的作品，在这里向来是不受欢迎的。

四、对作者，要热情扶植，又要严肃，不能迁就。不能用着时靠前，用不着靠后；约稿时，急如星火，稿到手，冷若冰霜。像"运动夫人"一样。对稿件，一视同仁，不以名头势力作衡文砝码。

五、编辑要提高文学修养，提高编辑水平，要经常出去跑跑，联系作者，不要只是坐在桌前，守株待兔。

一九八三年四月七日中午

关于散文创作的答问

问：目前，有一种比较普遍的说法：当前散文创作不甚景气，与小说、报告文学、诗歌等文学式样相比，是比较薄弱的。请您谈谈当前散文创作的状况。您认为存在什么问题，原因何在？

答：这种状况，我是估计不清楚的。一种文学体式，它在当前是否繁荣，繁荣到什么程度？这只有掌握全面材料的，文艺界的领导同志，或评论家，或将来的评选委员会，能作出权威性的估计。对任何形势的估计，都是困难的，我是一个普通读者，又因为精力所限，读作品很少。但就我读到的散文来看，我真正喜爱的，确实不是那么太多罢了。当然，我不喜欢的，也不见得就是不好，只是说，产生一篇好的散文，正像产生一部好的小说一样，不是那么容易就是了。

从历史上看，先秦时的散文作家，真可能是有一百家，不然为什么说百家争鸣，以后又说罢黜百家呢？但流传到现在，就只剩下几家了，唐宋散文作家，在当时也不只以百数，而传至后来，只说八家。八家之文，家传户诵者，每人也不过数篇。五四运动，散文应运而生，作者如林，期刊充斥，但到现在，我们课本上，还老是那几位作家的那几篇范文，其他作者，逐渐被人遗忘。

文学艺术的形势，任何时候，都可以有人作估计：形势大好或不大好，繁荣或不大繁荣。即使客观正确，这也只是就一时而言。作品的真正价值，是只有时间才能考验得出，任何武断的大话，都不是那么牢靠可信的。

我们应该从历史上，找出散文创作成败得失的一些规律，那对我们衡量当前的散文，可能是比较有用的。

从我们熟读的一些古代或近代的散文看，凡是长时期被人称诵的名篇，都是感情真实，文字朴实之作。比如说欧阳修的《泷冈阡表》，诸葛亮的《出师表》，李密的《陈情表》。

我们常说，文章要感人肺腑，出自肺腑之言，才能感动别人的肺腑。言不由衷，读者自然会认为你是欺骗。读者和作者一样，都具备人的良知良能，不会是阿斗。你有几分真诚，读者就感受到几分真诚，丝毫作不得假。

如果有时间，读一些旧报纸、旧期刊是有好处的。在三中全会以前，报刊上的文章，包括散文在内，虚假的东西太多了，现在找来一看，常常使人啼笑皆非。这种散文，即使没有政治上的拨乱反正，也是当日无读者，何况流传？

但是，这种文风，曾经猖獗了若干年，要说是完全根绝了它的影响，也不是事实。

欧阳修在写他这篇文章时，叙述的只是家庭琐事，夫妇、母子之常景常情，诸葛亮当时虽然是丞相，他这一篇文章，并没有多少空洞的官腔。李密当时的处境，尤其困难，如果他不说真情实话，能够瞒得过司马氏的耳目？

文章能取信于当世，方能取信于后代。这三篇文章，所以能流传百代，就是因为感情的真挚和文字的朴素无华。

所谓感情真实，就是如实地写出作者当时的身份、处境、思想、心情，以及与外界事物的关系。写出这些，这本来是很自然的事情，但一触及文字，很多人就做不到。这就无怪自古以来，名篇范作如凤毛麟角了。

文字是很敏感的东西,其涉及个人利害,他人利害,远远超过语言。作者执笔,不只考虑当前,而且考虑今后,不只考虑自己,而且考虑周围,困惑重重,叫他写出真实情感是很难的。

只有忘掉这些顾虑的人,才能写出真诚的散文。

司马迁的《报任安书》,因为是私人信件,并非公开流布的文字,所以他才说了那么多真心话,才成为千古绝唱。嵇康的《与山巨源绝交书》,也说了些真心话,透露了出去,就招来了大祸害。有鉴于此,致使文人执笔,左顾右盼,自然也有其不得已的地方。现在,有论者居然责怪:在"四人帮"肆虐期间,作家们为什么没有站起来,大声疾呼?这种要求,未免不近人情。在当时,一个作家,能够沉默,不去帮凶,就算可以了。论者当时如何表现,不得而知,至少他是没有去反抗的。不然,他早就成为张志新了。

但就散文的规律而言,真诚与朴实,正如水土之于花木,是个根本,不能改变。如果不只从数量上看,主要从质量上看,当前散文创作的不足之处,恐怕还是在作者的创作用心上,有或多或少的华而不实之处吧!

这不能完全归咎于作者。在一个不算短的时期中,在各个现实领域,虚假浮夸,不大遇到批评和制裁,而真实地反映情况,即说真话,却常常遭到难以想象的打击。这不能不反映到文学创作上。现在虽力加纠正,在意识形态领域中,清除这种遗留的影响,有时比在现实生活中清除,还要慢一些,复杂一些。而散文创作,以其更直接的现实性,在这方面的表现,就更比其他艺术领域显著。

有些散文,其不足之处,可以归纳为:

一、对所记事物,缺乏真实深刻感受,有时反故弄玄虚。

二、情感迎合风尚,夸张虚伪。

三、所用词藻,外表华丽,实多相互抄袭,已成陈词滥调。

四、因以上种种,造成当前散文篇幅都很长,欲求古代之一千字上下的散文,几不可得。

问:请你结合自己和当前的散文创作现状,谈谈有关散文艺术问题。比如散文的叙事与抒情、题材、构思、意境、语言等等。

答:散文是我们祖国主要的文学遗产,古代作家的主要著作,也是散文。这就提供了很多很好的学习范本。我们在学校语文课堂上,也以学习散文为主。初学作文,题目如"我的家庭","春日郊游"等,也是写的散文。另外,散文的大部分，都是应用文，一生之中，练习的机会是很多的。我们本来应该把散文一体，运用得很好，这一文体本来应该很繁荣。但从历史考察，并不是每一个时代，散文都是很好很繁荣的。

先秦、两汉、唐宋的散文，大家都承认是有很多佳作的。降至元明，则并非如此。元朝不论，明季写散文的人并不少，但即使是代表作家的作品，今天看起来，无论在风格文字上，内容意境上，都是浮浅的，卑弱的，琐碎的。明之末季，有一谚语谓：刻一部稿，娶一房小，念一句佛，叫一声天如。天如即张溥，是权威评论家。可见当时出版物也是不少的，但作品的意义和价值，确如上述。可取之处，远不及唐宋，又不用说两汉先秦了。

文章，特别是散文，是和时代的风云、习尚有关的。如果只谈艺术，我们就应该从唐宋以前的散文，多吸收一些营养。从司马迁、嵇康、柳宗元、欧阳修那里，多学习一些东西。其中主要的经验，是所见者大，而取材者微。微并非微不足道，而是具体而微的事物。

古代散文，意境深远，但皆言之有物。柳宗元的散文，写驴，写鼠，写麋，写蝜蝂，取材很细小，而意义很深刻。韩愈《进学解》，则对自己作深刻的剖析，发挥自己的见解，这也是很有勇气的。

散文短小，当然也有所谓布局谋篇，但我以为，作者如确有深刻感触，不言不快，直抒胸臆即可，是不用过多的构思设想的。现在一些文章评论家，谈论构思太多，也太机械。实际创作的过程，往往并非如此。散文之作，一触即发。真情实感，是构思不来的。

散文中的议论，也是自然事物演变的结果，在很多情况下，并非散文作者主观的前提。而苏子瞻常先有警句，冠于篇首，但与所叙事物，仍为血肉，并非徒具大言，以惊流俗。

抒情亦如此。无情而强抒，与无病呻吟等。感情低下，不如不抒。面对大好河山，内心蝇营狗苟，故作堂皇之言是对河山的不敬。

状景抒情，成为散文的意境。意境有高下，正如作者修养有高下，胸襟有广狭，志趣有崇卑，不可勉强。当然，人可以通过修养，提高其志趣。总之人心之不同，有如其面。散文意境之有区分，也在于此。范仲淹先忧后乐之名言，并非一时乘兴，创作出来，乃是久萦于心的素志，触景生情而出。

散文的语言很重要，一篇短文，语言文字不讲求，是成不了家传户诵之作的。当然语言文字也与作者的真情实感紧紧相关。

梁沈约很重视文字的音乐效果。他说：

> 若夫敷衽论心，商榷前藻，工拙之数，如有可言。夫五色相宣，八音协畅，由乎玄黄律吕，各适物宜。欲使宫羽相变，低昂互节，若前有浮声，则后须切响。一简之内，音韵尽殊；两句之中，轻重悉异。妙达此旨，始可言文。（《宋书·谢灵运传论》）

中国古代散文名作，读之无不朗朗上口，易于背诵。即韩愈之自讽为佶屈聱牙者，亦莫不如此。现在有些作者，能写情节热闹的小说，写起散文，语言很不考究，这是没有别的东西可以补救的缺失，这样的散文，自然行之不远。

散文的语言，要有素养，需要基本功，要有课堂训练。而我们国家经历十年动乱，教育失调，这恐怕也是影响今日散文质量的一个重要原因。

至于我个人近年的散文创作，则因老年衰退，成绩甚微。行动不便，生活的眼界缩小了。因为年岁，自身的阅历增多了。在政治清明之时，愿意说些真诚的话。当然有时就会得罪一些人。过去，我的一篇散文《黄鹂》，放了二十年才发表。现在写文章，确实感觉顾忌少多了。但作为文章行世，自己也应该慎重，不应该太随便。要知道应该说些什么，也要知道不应该说些什么。不管文章长短，题材如何，大都是我亲身经历，亲眼所见，思想所及，情感所系。不作欺人之谈，也不装腔作势。那样就会不自然，也就不会有什么真情实感。有些人的文章，使人处处意味到作者的高位和官职，好像一切都永远正确，是没有多大意思的。

问：散文作者需具备哪些修养？

答：秦少游说：

> 探道德之理，述性命之情，发天人之奥，明死生之变，此论理之文，如列御寇庄周之作是也。别白黑阴阳，要其归宿，决其嫌疑，此论事之文，如苏秦张仪之所作是也。考同异，次旧闻，不虚美，不隐恶，人以为实录，此叙事之文，如司马迁班固之所作是也。原本山川，极命草木，比物属事，骇耳目，变心意，此托词之文，如屈原宋玉之所作是也。

中国散文的品类繁多。所以，散文作者，首先应该涉猎中国散文的丰富遗产，知道有多少体制，明白各种体制的作用，各类文章的写作要点。

但最主要的，是提高自己的人格修养，即中国传统的道德伦理修养，不然就不能理解和领会中国散文作品的内容和实质。例如前面讲的"三表"，好处何在，为什么能千古传诵？

有一些人生经历，知道一些世态人情，便可写小说，写剧本。写好散文，需要多种知识，多种见闻。不然写山川不知地理，写古迹文物不知历史，不知考古，散文就没法写好。其中，特别重要的是作者的识见，如果识见平庸，文章也是写不好的。

问：散文创作中新的探索与民族传统两者的关系如何？

答：自有翻译以来，实际上是丰富了中国散文的创作，利多弊少，即使南北朝开始的佛经翻译，也是如此。五四以后的散文，外来的影响，就更显著了。但影响是影响，其根基是不能动摇也不可动摇的。我们还是要写中国式的散文，主要是指它反映的民族习惯和道德伦理的传统。至于说创新，也不能说，只有接受外来影响，才能创新。中国散文，在接受外来影响以前，也是不断创新的。我写给贾平凹的一封信中曾说，多读外国名家之作，写中国传统的散文，也是这个意思。任何文学作品，谈到创新，绝不会是专指形式上的创新，而是指内容和形式的统一的创新。文学作品既以内容为主导，则中国土壤，自然对创新起决定作用。

此外尚有二题，因题旨较泛，有些意见已在前文述及，兹从略。

一九八三年五月一日晨五时起写。大院节日嘈杂，前屋受干扰，则移稿至后屋；后屋受干扰，又持稿回前屋。至晚初稿成。次日晨改定之。

吴泰昌《艺文轶话》序

我和泰昌同志,认识的时间,不算太长;接触的也不是太多。在一些文字工作的交往中,我发现他是一位很干练的编辑,很合格的编辑。他在工作上,非常谦虚。当今之世,不合格的编辑并不少,有的人甚至不辨之无,而这些人,架子却很大,很不谦虚。

今年春天,泰昌同志对我进行了一次采访,就是登在本年六、七月份《文艺报》上的那次谈话。我是很不善谈的,特别不习惯于录音。泰昌同志带来一台录音机,放在我们对面坐的方桌上。我对他说：

"不要录音。你记录吧，要不然，你们两位记。"

当时在座的还有百花文艺出版社的一位同志。

泰昌同志不说话微笑着，把录音机往后拉了拉。等我一开讲，他就慢慢往前推一推。这样反复几次，我也就习惯了，他也终于完成了任务。当然，他能够完成任务，还因为在同我接触中，他表现出来的真诚和虚心的工作态度。

编辑必须有学问，有阅历，有见解，有独到之处。观我国文化史，有许多例子证明，编辑工作和学术之间，有一条互通之路。有许多作家学者，在撰述之暇，从事书刊编纂；也有因编辑工作之年积月累，终于成为学者或作家。凡是严肃从事一种工作的人，他的收获总不会是单一的，而是多种的。

泰昌同志在繁重的编辑工作之外，还不断写些文章，其中有不少部分，是带有学术性和研究性的文章。我是很喜欢读这类文章的。我觉得，我们很多年，太缺乏治学的空气了。

治学之道，当然不外学识与方法。然学与识实系两种功夫。不博学当然无识力，而无识力，则常常能废博学之功。识力与博学，是互相促进，相辅相成的。认真求实的精神，是提高识力的重要因素。

现在，国内的学术空气，渐渐浓厚。但是脱离实际，空大之风,似尚未完全刹住。有些大块文章,人们看到,它摆开的架子那么大,里面有那么多经典,有那么多议论,便称之为学院派。贬抑之中,有尊畏之意。其实学院派的文章,总得有些新的研究成果,如果并没有什么新的成果,而只是引经据典,人云亦云,读者就不如去自翻经典。或作者虽系一人,而论点时常随形势变化,那么,缺乏自信的文章,于他人能有何益呢?所以说,这种文章,是连学院派也够不上的。

这就涉及治学方法的问题。现在,各个学术领域,都标榜用的是唯物辩证的方法。但如果牵强附会,或只是一种皮毛,甚至皮毛之内,反其道而行之,其收效就可想而知了。

学术不能用政治或立场观点来代替。学术研究的是客观存在。学术是朴素的,过去叫做朴学。

用新的方法,不得其要领,只是赶时髦,求得通过,对于学术,实际是没有什么好处的。因为学术,是要积蓄材料,记述史实,一砖一瓦,成为著作。是靠作者的真才实学,真知灼见,并不单纯是方法问题。过去我国的学术,用的都是旧方法,而其成果赫然自在。正像刀耕火种,我们的祖先也能生产食粮一样。

泰昌同志的文章,短小精悍,文字流畅,考订详明,耐人寻味。读者用很少时间,能得到很大收益。写文章,不尚高远，选择一些小题目。这种办法很可取。小题目认真去做，做到能以自信，并能取信于人，取信于后世，取信于科学，题目再小，也是有价值的。

当他的《艺文轶话》就要付印的时候，泰昌愿意我在书前写几句话。我把平日的一点感想写出，与泰昌同志共勉。

一九八〇年九月二十四日